Metro-land

JULIAN BARNES

伦敦郊区

[英] 朱利安·巴恩斯 著

轶群 安妮 译

外语教学与研究出版社
北京

献给 劳琳

目录

Part I

第一部　伦敦郊区（1963 年）

A 黑、E 白、I 红、U 绿、O 蓝 [1]
——兰波 [2]

---

1 出自兰波诗歌《元音》。诗歌头两句为："A 黑、E 白、I 红、U 绿、O 蓝：元音，终有一天我要道破你们隐秘的身世。"阿尔蒂尔·兰波：《兰波作品全集》王以培 中译，作家出版社，2011，第 102 页。

2 阿尔蒂尔·兰波 (1854—1891)，法国诗人，早期象征主义诗歌的代表，开启了超现实主义诗歌流派。他用谜一般的诗篇和富有传奇色彩的一生吸引了众多的读者，是法国文学史上最引人注目的诗人之一。

国家美术馆没有不准带望远镜入内的规定。

1963 年夏天，一个特别的星期三下午，托尼带着笔记本，我带着望远镜去了那儿。那次行动收获不菲。我们看见一个戴着男式眼镜的年轻修女对着《阿尔诺芬尼夫妇像》[1]满怀柔情地微笑，过了一会儿，又皱着眉头有点儿不屑地咂了咂嘴。还有一个穿夹克衫的女孩，像个背包客，全神贯注地看着卡洛·克里韦利[2]的祭坛画。她那么专注，让我和托尼能趁机站在她的两侧，近距离观察她的神态：她双唇微启，颧骨和额上的皮肤微微绷紧。（"你看到她太阳穴上有什么东西吗？""没有。"于是，托尼写下：太阳穴跳动，只是左侧。）我们还看到一个身穿浅色细条纹西装的男人，他的头发从右耳上恰好一英寸[3]的地方齐齐梳开。他浑身颤抖地站在一张莫奈的小幅风景画前，鼓着腮帮，慢慢后仰，一点点将重心挪到了

1　《阿尔诺芬尼夫妇像》：由早期荷兰画家扬·凡·艾克画于 1434 年。描绘了一对商人夫妇的圣洁婚礼。

2　卡洛·克里韦利（约 1430/35—约 1494/95），15 世纪中晚期最著名的威尼斯画家之一。主要作品有《圣母和圣婴》《圣母领报》。

3　英制长度计量单位，1 英寸为 2.54 厘米。

脚后跟上，很像一只正在小心翼翼放气的气球。

接着我们进了最喜欢的一个展厅，去到那幅对我们很重要的画跟前：凡·戴克[1]的《查理一世骑马像》。一个身穿红色雨衣的中年女人正坐在画前。托尼和我蹑手蹑脚地来到展厅另一头，停在一张软面长椅旁，假装对弗兰斯·哈尔斯[2]的一幅平淡无奇的肖像画很感兴趣。然后我在托尼的掩护下，向前凑了凑，把望远镜对准那个女人。我们离她足够远，所以我压着嗓子无论和托尼说什么，她都听不见，即便听到，也只会以为是美术馆里常会听到的赞叹声或观赏者们表示认同的喃喃私语。

那天下午，美术馆里没什么人。那个女人完全沉浸在对眼前之画的遐思中，让我正好有时间能仔细观察，就她的来历，推测一些细节。

"家住在多金或者巴格肖特？大约有四十五岁，或五十岁。买完东西，正在回家的路上。已婚，有两个孩子，不想再被他拴在令人窒息的家里。表面上幸福，内心深处却极不满。"

这似乎涵盖了她的一生。现在，她像一个虔诚的信徒般仰望着那幅画，目光上下扫过，然后落在了某个点上，开始顺着画面慢慢移动。她的头时不时偏向一边，脖子向前伸着，鼻孔大张，好像从那画上嗅到了什么共鸣。她的双手来回轻拍着大腿，后来渐渐停了下来。

---

1 安东尼·凡·戴克（1599—1641），17世纪继鲁本斯之后最杰出的佛兰德的巴洛克画家。

2 弗兰斯·哈尔斯（1581/85—1666），荷兰现实主义画派的奠基人，也是17世纪荷兰杰出的肖像画家。

"这是一种宗教的平和，"我对托尼小声说，"总之，类似宗教吧。把这一点记下来。"

我的视线又回到她的手上。此刻，她双手握在一起，像祭坛上的侍者似的。然后我再次把望远镜对准她的脸。她闭上了双眼。我告诉托尼。

"她也许在心里重绘着眼前的美，也许在体味余像。我说不准。"

我的望远镜在她身上足足停了两分钟，托尼举着圆珠笔，等着我的下一句评论。

可以有两种解读：她要么已经不再喜形于色，要么就是睡着了。

1　橙加上红

现在修剪女贞树时，我还是能闻到一股酸苹果的味道，和我十六岁那年闻到的一样。但这只是时光留下的极少例外。和现在相比，在那个年纪，似乎什么事情都容易让你联想与比喻。什么事情都有更多的含义，有更广阔的阐释空间，暗藏着更丰富的可能与更多元的真实。象征无处不在。总之，一切都比现在包含着更多。

以我妈妈的外套为例。妈妈曾比着裁缝假人模特的身体，给自己裁了件外套。那个模特就"住"在我家楼下，关于女人的身体，"她"什么都告诉了你，却又什么都没说（你明白我的意思吗？）。那件外套正反面皆可穿。它一面是大红的，另外一面是大块的黑白格子。翻领是用衣服的里料做的，裁剪成一种"能够微微凸显颈部"，又与下面大大的方形衣袋十分相称的款式。现在看来，这确实是一件绝妙的手工作品。但当时，它只让我觉得妈妈是个"两面派"。

有一年，我们全家去海峡群岛度假时发生的事，进一步印证了我认为妈妈"表里不一"的看法。我发现，妈妈外套上那几个硕大的口袋，每一个都能装下二百支香烟。而事实上，她过一趟海关，真的神不知鬼不觉地走私回了八百支皇家海军牌香烟。我起初感到一种混杂着罪恶感的兴奋，但接着，心里又生出另一种情绪，觉得这活儿其实干得真漂亮。

这件外套的神奇之处还不止于此。它的颜色也和"构造"一样，暗藏玄机。有一天晚上，我和妈妈一起从车站往家走。我打量着她的外套，那天她穿了红色那面，但在暮色中，我却发现外套变成了棕色的。我又看妈妈的嘴唇，也是棕色的。我知道，如果她取下（如今已经变得暗淡的）白手套，指甲也会是棕色的。这种现象现在已经司空见惯。但是那会儿，在钠灯才被发明出来，刚刚照耀世界的头几个月里，它让人困惑又浮想联翩。橙色加红会变成深棕色。当时我以为这只有在伦敦郊区才会发生。

第二天早晨去到学校，我把托尼从球场上拉出来，告诉了他这件事情。他是我的密友，我所有痛恨的和大部分热爱的东西都和他分享。

"他们甚至毁了光谱。"我说道，似乎已经疲惫到没力气发火。

"你说'毁了'是什么意思？"

我说的"他们"其实并非泛指。我用这个词时，指的是那些住在伦敦郊区的未经确认的立法者、卫道士、社会精英和父母。而托尼用这个词时，指的是内伦敦[1]的那些人。我们俩毫不怀疑，"内"也好，"外"也罢，他们都是同一类人。

"颜色。街灯。天一黑，他们就把颜色给毁了。什么东西都变

1　内伦敦 (Inner London)，位于英格兰大伦敦中心地区的区域，由伦敦城及周围 13 个自治市组成，相当于伦敦市的市区。

成了棕色或者橘黄色的。让你看起来就像个月球人。"

那时候，我们对颜色特别敏感。这一切始于一个夏天的假日。我带着一本波德莱尔[1]的诗集到海滩上去读。他说，如果你透过一根稻草看天空，那一线蓝，会比你直视一大片蓝时，明丽许多。我寄了张明信片给托尼，告诉他这一发现。从那以后，我们就特别关注颜色。无法否认，颜色对于不信神的我们来说，是如此的纯粹与绝对，有着无与伦比的特殊价值。我们不愿意让它被权威们搞得乌烟瘴气。他们已经拥有了：

"……语言……"

"……伦理……"

"……优越感……"

不过，这些东西说到底你是可以忽略的。你尽可以趾高气扬，我行我素。可是如果涉及色彩呢？如果他们连颜色都管，那我们简直就不是我们自己了。托尼嘴唇丰厚、皮肤偏黑的中欧面孔，在钠灯的照耀下变得就像是黑人。而我那张有个朝天鼻的尚未定型的英国面孔（依然等待跃入成年），虽稍显安全，不过毫无疑问，"他们"会想出其他讽刺的策略的。

如你所见，那些日子，我们总为一些大事担忧。为什么不呢？如果不是在那个年纪，你还会在什么时候为这些事着急上火？我们不会为前途坐卧不安。因为心里明白，长大之后，国家会让我们这样的人轻松地生存下去，变成一个仿佛前胸后背都挂着广告牌到处

1　夏尔－皮埃尔·波德莱尔（1821—1867），法国19世纪最著名的现代派诗人，象征派诗歌先驱，代表作有《恶之花》。

宣传自己日子过得有多好的家伙。但是像语言的纯洁性、自我的完善、艺术的功能，还有那些无形的资产：爱情、真理、真诚……得另当别论。

耀眼的理想主义在我们身上总天然地表现为一种公然的愤世嫉俗。只有急切想净化世界这一动机可以解释托尼和我为什么如此热衷于尖刻地奚落别人。与我们事业相称的座右铭是：打垮败类[1]和挑衅资产阶级[2]。我们赞赏戈蒂耶[3]的"红马甲"[4]与奈瓦尔[5]的"龙虾"[6]。我们的西班牙内战是"欧那尼之战"[7]。我们齐声歌唱着：

> 比利时人极其文明，
>
> 是小偷是骗子，
>
> 有时还长梅毒，
>
> 所以他极其文明。[8]

1　原文为法语，出自法国 18 世纪启蒙运动的泰斗伏尔泰。

2　原文为法语，19 世纪末欧洲先锋作家和艺术家们提出的口号。

3　泰奥菲尔·戈蒂耶（1811—1872），法国诗人、小说家和文艺批评家。

4　据说在雨果的浪漫主义戏剧《欧那尼》首演当天，戈蒂耶身穿红马甲与奈瓦尔一起，率众向头戴假发的古典派示威，气氛剑拔弩张，让整个剧场为之震动。

5　钱拉·德·奈瓦尔（1808—1855），法国浪漫主义派诗人，对象征主义和超现实主义有重要影响。

6　据说奈瓦尔喜欢用一条蓝色的带子牵着他的龙虾宠物在巴黎大街上散步。

7　《欧那尼》原为法国作家雨果创作的浪漫主义戏剧，上演时掀起了一场浪漫派与古典派的文艺大论战，参与人数之多，持续时间之长，影响之广，都史无前例。后被文学史家称为震惊欧洲的"欧那尼之战"。

8　此诗节选自波德莱尔诗作《比利时的文明》（收录于《比利时讽刺集》中）。译文出自夏尔·波德莱尔：《巴黎的忧郁》，胡小跃 中译，江西人民出版社，2016，第 329 页。

句末的押韵词让我们很是开心。在上死板的法语对话课时，我们一逮到机会，就使用这组含糊不清的同音异义词。玩这游戏时，首先，你得用一个简单的句子，故意发表一句轻蔑的评论，惹恼某个十足的笨蛋。然后等那个笨蛋自动入套：

"呃……我不……我不认同巴巴罗斯基刚才说的话。"[1]（皱着眉头看着老师。）

趁老师还没有从感叹这笨蛋有多笨的沮丧中振作起来时，我们"阴谋小集团"中的一员就会窃笑着抢话道：

"实话说，先生，我认为菲利普斯的梅毒还没严重到能听懂巴巴罗斯基刚才的提议……"[2]

——他们每次都只能放任我们这么干。

你也许已经猜到，我们大多数时候都在说法语。我们喜欢这种语言，因为它有许多爆破音，且表述很准确。我们也喜欢法国文学，很大程度上是因为它好斗。法国作家们总是彼此争斗——他们捍卫语言的纯洁，他们驱逐俚语，他们编撰规范词典，他们被捕入狱，他们因为伤风败俗而遭起诉，他们中有些成了激进的高踏派[3]诗人，他们争抢大学讲席，为文学奖勾心斗角，他们被流放。这类饱经世

---

1 原文为法语。

2 原文为法语。因为法语里"感染梅毒"（syphilisé）与"文明的"（civilisé）读音相近，所以克里斯托弗和他的伙伴们用这组同音异义词玩了个双关讥讽的把戏，只听声音的话，这句话也可理解为"实话说，先生，我认为菲利普斯还未开化到能听懂巴巴罗斯基刚才的提议……"。

3 高踏派（Parnasse）：19 世纪下半叶法国诗坛出现的一个反浪漫主义的诗派。该派诗人主张"为艺术而艺术"。他们重视形式，倡导诗歌的客观化和科学化，反对过度抒情。代表人物有普吕多姆、马拉美等。

故的暴徒的思想深深地吸引着我和托尼。蒙泰朗[1]和加缪[2]都当过守门员。《巴黎竞赛画报》曾经刊登过一张亨利·德跳起来接球的照片。我把它剪了下来，用透明胶带贴在柜子里，敬重程度不亚于对杰夫·格拉斯那张朱恩·里奇[3]在电影《一夕风流恨事多》中的签名剧照。

我们的英语课本里没有任何"饱经世故的暴徒"，当然也没有什么"守门员"。约翰逊[4]是个"暴徒"，但他对我们而言不够新潮。毕竟他直到垂暮之年才第一次跨过英吉利海峡。而像叶芝[5]这样的男人则正好相反，够新潮，但是作品里总是充斥着精灵、仙女一类的东西。如果世界上所有的红色都变成了棕色，他们俩会有什么反应？一个可能几乎不会注意到发生了这样的事，另一个大概会惊讶得合不拢嘴。

---

1 亨利·德·蒙泰朗（1895—1972），法国小说家和剧作家，法兰西学院院士，代表作有《无父无母的儿子》。作品以敏锐尖刻、洞察世态人心著称。

2 阿尔贝·加缪（1913—1960），法国作家、哲学家，存在主义文学、"荒诞哲学"的代表人物。主要作品有《局外人》《鼠疫》等。

3 朱恩·里奇，英国女演员，代表作有《一夕风流恨事多》《月宫女星》。

4 塞缪尔·约翰逊（1709—1784），英国传记作家、文学评论家和诗人，英国历史上最有名的文人之一

5 威廉·巴特勒·叶芝（1865—1939），爱尔兰诗人、剧作家、著名的神秘主义者，20世纪最重要的英语诗人之一，1923年被授予了诺贝尔文学奖。

2　两个小男孩

我和托尼在牛津街上闲逛，试图让自己看起来像漫游者[1]。可这做起来并不像听起来那么容易。首先，一般来说，你得有个码头，或者最起码得有一条林荫大道。然而，尽管我们能惟妙惟肖地模仿那些漫游者漫无目的游走的状态，但每次漫游结束后，总觉未得精髓。在巴黎，你可以离开一间特别的卧室[2]，把一张乱糟糟的沙发留在身后。在伦敦，我们只能走向邦德街，把托特纳姆宫路地铁站留在身后。

"要不要去打垮谁？"我建议道，手里转着伞。

"没兴趣。我昨天打垮了杜赫斯特。"杜赫斯特生来就是当牧师的料。托尼和我都觉得，托尼和他进行的那场邪恶的形而上学的讨

1　漫游者（flâneur），源自波德莱尔，后成为文学中一个俗语。这类人漫步于街头，对身边的人群、房屋、店铺，都抱着鉴赏家的态度去揣摩和玩赏，没有任何目的性。于是他们与环境的关系，就恰与资本主义商业时代大众对一切事物的功利主义态度形成了反差。

2　原文为法语。

论，已经把他彻底击垮。"不过，我倒是对挑衅有些兴趣。"

"赢了给你六便士？"

"成交。"

我们开始沿着马路转悠，托尼寻找着对象。卖冰激凌的小贩？不行，那只是个小人物，几乎和资产阶级沾不上边。那个警察？不，太危险了，他们和孕妇、修女属于同一类。这时，托尼突然将头转向我这边，解下自己校服的领带。我也跟着他取下领带，绕上四根手指卷好，放进口袋里。现在我们就只是两个穿着白 T 恤、灰裤子，套着落了少许头皮屑的黑夹克，没有任何身份标签的男孩了。我跟在他身后，穿过马路，走向一家新开的精品服饰店（我们对这些外来词非常不屑[1]）。店门上方，用黄色大写字母写着"男装店"[2]。我们想，这就是那种新鲜又危险的地方。他们会跟着你走进试衣间，在你提起裤子前，盯着你意淫。托尼举目四顾，从一众店员中挑出看起来最体面的一个。这人年纪已经不小，头发灰白，衬衫上架着可卸的领子，袖口折起厚厚的白边，还别着领带夹，那显然是前雇主留下的东西。

"先生，您好，有什么可以为您效劳的吗？"

托尼的目光越过他，看着开放式木货架上摆放的马德龙牌短袜。

"我想要一双大人的，两双小孩的。"

"不好意思，您刚才说了什么？""领带夹"问道。

"一双大人的，两双小孩的。"托尼用一种强势的口吻重复了

---

1 此处的"精品服饰店"，作者原文使用的是"boutique"一词，来自法语。

2 原文为"MAN SHOP"。

一遍。要想成为一个挑衅者，规矩之一是你不能傻笑或者让步。"大小无所谓。"

"我还是不太明白，先生。"我觉得在这情景下，这声"先生"听着非常"酷"。我的意思是那家伙一定要崩溃了，不是吗？

"天哪，"托尼毫不客气地说，"你这也叫男装店？我还是去别处看看吧。"

"我也觉得您应该到别处看看，先生。对了，您在哪个学校念书呢？"

我们立马走了。

"去他妈的！"我抱怨道，和托尼一起脚下以最快速度漫无目的地走着。

"你说，我算挑衅他了吗？"

"那是肯定的，肯定的。"事实上，托尼刚才的举止让我印象深刻。特别是他选对了人，没有一来就跟站在店门口的那个售货员搭讪。"不管怎么说，六便士你是赢到手了。"

"我不关心这个，我只关心我挑衅到他了吗？"

"当然啦，当然啦！要不然他怎么会问我俩的学校呢？另外，你注意到他那声'先生'了吗？"

托尼眼角一弯，笑了，嘴角也随即像要向眼睛表忠诚般，跟着轻轻上扬。

"是的。"

在人生中的那个年纪，被唤一声"先生"，能感受到无可估量的意义。它比被允许在教室门口台阶上玩重要，比可以不按规定戴帽子感觉更好，比课间时被允许坐在六年级的阳台休息更惬意，甚至比带着伞去上学更让人自豪。我这样说自有缘故。我曾经在长达三个月的夏季学期，每天都带着伞早出晚归。虽然天从来就没下过雨。但重要的是带伞这一行为体现的身份，而非伞的实际用途。在学校里，我拿它和朋友们练击剑，用它尖尖的金属头去戳更低年级小男孩的鞋。而出了校门，伞又会让你变成一位绅士。即使你身高不足五英尺[1]，脸上满是青春痘，嘴唇上还覆着细细的绒毛，甚至走路歪歪斜斜，背上背着鼓鼓囊囊的板球包，包里装满破破烂烂的运动衫和发臭的靴子，只要你有一把伞，你就很有可能从什么人那儿收到一声"先生"，获得一阵从心底涌起的愉悦。

每个星期一的早晨，托尼和我都会问对方同样的问题。

"打垮谁了吗？"

"恐怕没有。"

"挑衅呢？"

"呃，严格来说也没有……"

"被人叫'先生'了吗？"

我们彼此心领神会地浮起一个调侃的笑，周末惨败的阴云即刻烟消云散。

我们数着自己被唤作"先生"的次数，牢牢记着那些令人心动的瞬间，然后用老混蛋们回忆成功征服某人时的口吻相互吹嘘。当然，我们永远不会忘记第一次被唤作"先生"时的情景。

我第一次被叫"先生"是在为我的第一条长裤量尺寸的时候。那情景我至今想起也还很开心。那是在哈罗一家像走廊似的服装店

---

1 英制长度计量单位，1英尺约为0.3米。

里。墙上码着一盒盒衣服，货架东一个西一个，把服装店变成了障碍赛赛场。架子上堆满假冒伪劣的防风夹克和灯芯绒裤子，布料像硬纸壳一样硬邦邦的。无论你穿着什么颜色的衣服走进这家店，出来的时候都会是一身灰或深绿色。其实他们家也卖棕色的衣服，但是妈妈一再告诉我，没人会穿棕色，除非他退休了。有鉴于此，我准备穿条灰裤子走出来。

妈妈虽然在家里或者在社交场合和人打交道时都挺胆小，但在商店买东西时，却很精明，很有主见。一些植根于心的直觉告诉她，在这里，有某种永远无法打破的"等级制度"。

"来条裤子，福斯特先生，"她用少有的信心十足的声音说道，"灰色的，长裤。"

"好的，夫人。"福斯特先生油嘴滑舌地应道，看了我一眼，"长裤，没问题，先生。"

我本该高兴得晕过去，或者至少咧开嘴笑，可是那一刻，我就那样呆呆地站在那儿，激动得手足无措。这时，福斯特先生在我脚边跪下来，满嘴都是奉承话。

"我给您量量尺寸，先生。请您直视前方，肩膀往后放，两腿分开，先生，对，没错。"

他取下挂在脖子上的卷尺。卷尺末端有段六英寸长的铜柄。他握住铜柄五英寸的地方（我猜这么做是为了避免被捕），假借量裤子，在我的屁眼和蛋蛋之间狠狠地戳了三下。

"您别动，先生。"他又甜言蜜语地说，很可能是怕我妈妈多心，想着量条裤子干吗花那么长时间。可其实那会儿我根本没机会动。我害怕他会兽性大发，把我绑进试衣间强暴。但这一切不都意味着我已经被视为一个男人了吗？这难解的快感甚至让我没能怀着惊恐与慰藉，悄悄说出学校里同学们总大声呼喊的"毁了！"。

3 兔子，人类

"毁——毁——了！"

学校里大家总这么喊，这是我们凭想象模仿出的土狼的长嚎声。吉尔克里斯特的尖啸最令人毛骨悚然。利则拖长元音发出一阵低嚎，中间夹杂着断断续续的呜咽。每一个人都各显神通。我们这么叫，虽说是在闹着玩，但也充分体现了男孩们对被阉割挥之不去的恐惧。在每一个适合的场合，你都会发出这样的叫声：椅子被推翻了，脚被狠狠地踩了一下，铅笔盒丢了。甚至在我们玩打架游戏的时候：参战双方朝着对手冲过去，左手像板球护具一样挡在腹股沟前，右手掌心朝上伸出去，手指如爪一般虚抓着空气，与此同时，围观的人一起喊着缩短版的："毁——了！"

这种拙劣模仿中透露着一股令人生寒的恐惧。我们都读过纳粹用 X 光射线"阉割"人的故事，也曾用这种可能性相互嘲弄。如果这种事发生，你就完了。有文献表明，你会变胖，最终成为一个龙套角色，唯一的功能就是让别人看了后，感觉自己还不赖。要么，由于经济所迫，你不得不去意大利当歌剧演员。这个可怕的过程会怎样开始，我们不得而知，但隐隐约约觉得这与试衣间、公共厕所和晚班地铁有关。

如果运气好，你毫发无损活了下来——这种概率很小，那一定有什么好事儿发生了，否则这消息不会被政府封锁。可是，究竟发生了什么？怎么才能弄清楚？

父母显然靠不住：他们就像"双面间谍"一样，在向你灌输自己精心编造的错误信息时，往往也会迅速暴露自己。我曾经向他们提了一个很简单的问题——一个我已经知道答案的问题——然而他们却回答得很糟。一天晚上，我在读《圣经》，这是学校的课外作业。妈妈正在看 She 杂志里的知识竞赛页。我突然打断她的思路，问她：

"妈妈，什么是'oonuch'？"

"哦，我也不知道，亲爱的，真的。"她用很平和的语气说（听起来仿佛她是真不知道），"我们问问你爸爸。杰克，克里斯托弗想知道'eunuch'[1]是什么意思……"（装得挺像，她能纠正发音，却假装不知道那个词的意思。）我爸爸正在看一本会计学杂志（他上班时难道还没算够吗？），他抬起头，停了一下，挠了挠光秃秃的头皮，又停了一下，摘下眼镜，停住。做这些时，他一直在看妈妈（伟大的时刻是不是就要来了？）。而我一直假装在认真地看手里那本《圣经》，仿佛只要特别仔细看上下文，就能解答自己的疑问。爸爸刚要开口说话，妈妈用她在商店里那种不容置疑的口气接着说：

"……我想，是某种阿比西尼亚仆人吧。是吗，亲爱的？"我

1　指"太监""被阉割之人"。

感觉他俩在努力交换眼神。怀疑得到了证实，我见好就收，连忙说："哦，我明白了。看上下文就是这个意思……谢谢。"

另外一条路——学校——也被封锁了。从理论上讲，学校是汲取知识的地方，可实际上它帮不了你什么。克罗内尔·洛森是个总面带忧色的生物老师，我们都看不起他，因为他打了一个男孩之后，满脸通红地向对方道了歉。那学期每个星期有两次生物课，每次课结束时，他都会照例问："还有什么问题吗？"而我们敢肯定，要是有人回答："什么时候上人类生殖课，先生？教学大纲上有这内容。"他一定会脸红脖子粗。

我们知道这个问题一定能把他难住。吉尔克里斯特，我们那个年级的小滑头之一，不知道从哪儿弄来一份教学大纲，发现了这一无法否认的事实——在普通科学（生物学）大纲的最末写着："繁衍：植物，兔子，人类。"我们像印第安侦察兵监视着一支即将自取灭亡的美国骑兵队一样，密切监视着洛森的教学进度。最后，只剩下两个题目没有讲：兔子，人类。而那学期也只剩下两堂课的时间。洛森走进了箱形峡谷。

"下星期，"最后两节课开始的时候洛森说，"我们复习……"

"毁了！"吉尔克里斯特轻声喊道。一片失望的窃窃私语立刻在教室里弥漫开来。

"……不过今天我要讲哺乳动物的生殖。"教室里瞬间鸦雀无声。因为太期待，一两个同学甚至勃起了。洛森知道，他今天不会遇上什么麻烦。我们笔记记得比以往任何时候都更认真，他给我们讲兔子生殖的事，还时不时夹带几句拉丁文。说实话，这些东西听起来也没什么新奇的。显然他没讲到点子上，关键的地方他肯定没有……后来，我们意识到，洛森早就跑题了。这时候四十五分钟已经过去，不满情绪越来越高涨。只剩一分钟时，他问：

"还有什么问题吗？"

"先生，按照教学大纲，你还没讲人类生殖呢！"

"啊，"他回答道（我们是不是在他嘴角看到了一抹自得的笑？），"这和别的哺乳动物的生殖原理没什么区别。"说完之后就扬长而去。

在学校其他地方，同样很难获得这方面的知识，至少官方渠道没可能。学校图书馆中百科全书"家庭卷"有关生育计划那部分早就被人撕掉了。而剩下的唯一能获得这方面知识的途径——校长的"坚信礼课"——又太冒险了。在这课上有很短一节关于婚姻的内容。"这些东西你们现在还用不到，不过听一听也没什么坏处。"确实没什么坏处，这位掌控着我们生活的枯瘦多疑的统治者，说过的最激动人心的话语是："互相抚慰，彼此为伴。"

在他这一节课快结束时，他指了指放在桌角的一摞小册子，说："想知道更多情况的，走的时候可以借一本。"

他这无异于说："一天中自慰六次以上的人举手。"我没见有谁去拿那小册子，也从没听说谁拿过，甚至没听说过谁听说谁拿过。甚而只是从校长那张桌子旁经过时放慢脚步，也会被视为一种冒犯。

结果，正如托尼经常说的那样，在严防死堵中，我们只好自寻左道了。但我们能够想出来的也都只是些零零碎碎的办法。你总不能去问别的男孩——比如约翰·佩珀，他声称"上"过一个已婚女人；

或者法兹·伍利，他日记本里用红墨水画了许多叉，有人猜他是在记录女朋友的生理周期。你不能问，因为要想在这个问题上开玩笑和交流，双方必须有对等的知识。承认自己无知可能会造成意想不到的可怕后果。这就像没把连锁信 [1] 传递下去会遭到诅咒一样。

不过，我们对这事的主要情况还是略知一二的——洛森在课堂上尽管讲得十分简略，还是给了我们一点儿"入门"的知识。不过实际上我们对许多概念的认知依旧非常模糊。现在我们面对的最紧迫也最基本的问题是，女人的身体到底是什么样儿的。我们经常从《国家地理》杂志中寻找蛛丝马迹。那是学校要求的课外读物。但是从那些印着文身、画满体绘、还缠着腰布的俾格米人 [2] 身上很难想象出女人裸体的模样。所幸还有乳罩和塑身内衣的广告，三级片的招贴画，威廉·奥尔彭爵士 [3] 的《艺术史》，能给我们一鳞半爪的提示。不过直到布赖恩·斯泰尔斯推出他那本袖珍本裸体主义杂志《跨越》时，我们对女人形体的了解才深入了点儿。凝视着用气笔修过的女蹦床运动员的小肚子，我们都想，哦，原来女人是这样的。

虽然心中充满了对肉体的渴望，但我们同时又非常理想主义，它们如此和谐地结合在一起。我们不太能接受拉辛 [4]。尽管他笔下

1　连锁信：寄给多人的信，要求每个收信人复制数份再寄给其他人，如此延续下去，收到信却不继续扩散的人，默认会遭到诅咒。

2　俾格米人：泛指男性平均身高不足 5 英尺的民族，这一称呼最早源于古希腊人对非洲中部矮人的叫法。

3　威廉·奥尔彭爵士（1878—1931），出生于爱尔兰的杰出画家，以绘制商业肖像著称。

4　让·拉辛（1639—1699），法国剧作家，与高乃依和莫里哀合称17世纪最伟大的法国剧作家。

人物那热烈的激情，或许有朝我们也将体会，但是，他塑造的错综复杂的情感关系，确实很让人作呕。我们更喜欢高乃依[1]，或者说更喜欢他笔下的女人——充满激情而又恭顺，忠诚而贞洁。托尼和我经常为如何看待女人争论不休，尽管吵的都是些老生常谈的话题。

"所以，我们一定要和处女结婚吗？"（是谁先提起这个话题的无关紧要。）

"哦，那倒不必。可是如果你娶的不是处女，她可能会是个水性杨花的女人。"

"但如果你娶的是个处女，她也许其实是性冷淡。"

"嗯，如果她性冷淡，你可以离婚再找一个。"

"然而……"

"……然而，如果她是个荡妇，你就不能跑到法官那儿说她不让你干，你就没办法摆脱她了。你这辈子就……"

"……毁——了。彻底毁了。"

我们在脑海中搜寻着莎士比亚、莫里哀和别的有威望的大作家。他们都认为，愚蠢的丈夫不应该被人嘲笑。

"所以结婚还得找个处女。"

"没错。"

我们为达成共识而握手。

可是我们接近女孩的步伐却犹犹豫豫，并不像制定原则时那么

---

1 皮埃尔·高乃依（1606—1684），法国剧作家、诗人，被称为法国古典主义悲剧的奠基人，代表作有《熙德》《贺拉斯》等。

干脆利索。你怎么知道谁是荡妇，谁是处女？最难的是，你怎么在一群人中找出那个外表放荡、实则是个处女的姑娘来做妻子？

晚上，在回家的路上，托尼和我经常眼巴巴注视着两个从女子中学走出来的漂亮女孩。通常她们会和我们在圣殿教堂地铁站等同一班车。她们俩都身穿洋红色的校服，套着齐膝的长筒袜，黑色的头发梳得干净整洁。她们的学校就在我们学校正对面，但是两所学校不鼓励校际联谊。她们比我们早一刻钟放学，因而可以避开……什么呢？这些女孩认为学校想让她们避开什么呢？因此，我们认为，任何一个在这儿等那班车的女孩，显然只有一个目的，就是和我们一起回家。因此，她们想让我们接近她们。因此，她们有可能是"荡妇"。因此，托尼和我都拒绝对她们腼腆的微笑作出回应。

4　有建设性的闲荡

　　我们每个星期三下午总是有半天的假期。中午十二点半，一群男孩会把帽子塞进书包，从泰晤士河北侧堤岸上一幢维多利亚全盛时期风格的建筑的侧门中蜂拥而出。几分钟以后，一群比较安静的、不戴帽子的六年级学生，会手里晃着雨伞，优哉游哉地走到楼前的台阶上。在星期三，历史学会会组织成员到哈特菲尔德庄园参观学习。"联合学生军训队"的狂热分子们会给他们的刺刀上油。运动男孩们有的用胳膊夹着卷成瑞士卷状的毛巾，有的带上花剑，有的背着板球包，有的戴着臭烘烘的墙手球手套，纷纷动身离开。胆小的孩子们则会匆匆忙忙赶回家，以确保强奸犯和会阉割人的坏蛋们还没有登上地铁。

　　而托尼和我沉溺于"有建设性的闲荡"。忘了在哪儿看到过这种说法：伦敦会把你需要的一切都联系到一起。当然旅行也包括在内。我们准备去什么地方转转，因为大人物们都说，这么做有益于锻炼大脑（虽然我们俩其实以前都去过乡下，发现那里只有令人失望的空旷）。但伦敦是一切开始的地方，也是你吸取智慧后，满载而归的终点。而破解伦敦奥秘的关键就在于"闲荡"。即使挥霍青春，也比什么都不做强。[1]

是托尼首先提出了"有建设性的闲荡"这个概念。他曾经说，我们要么总被填鸭式地灌输着知识，要么总被其他什么事强制转移注意力。他的理论是，只有当我们带着一种恰到好处的冷漠，漫不经心地闲荡，但又随时敏锐地留心着一切时，才能真正捕捉到生命的真谛，才能拥有一个漫游者的洞察力。我们喜欢到处闲荡，喜欢观察其他人做事，看他们把自己累得筋疲力尽。我们去舰队街[2]旁边的小巷，看一捆捆报纸被从卡车上卸下来。我们在街头集市上和法院外溜达，在小酒馆和女士内衣店外晃悠。我们拿着望远镜去圣保罗大教堂，装作是为了看穹顶上的壁画和马赛克，实际上则是在观察祈祷的人们。我们搜寻着妓女，自作聪明地认为，她们是市面儿上除我们之外唯一有建设性的闲荡者。那时候，妓女们还自带着"幌子"——她们会在脚踝上戴一条精致的金链子。

我们会问对方："你觉得她在做生意吗？"

其实除了观察，我们其他什么也没做。但也有例外，一个潮湿多雾的下午，一名眼神儿不太好（或者饥不择食）的妓女来和托尼搭话。托尼一本正经地和她聊了起来。

"干一下怎么样呀，宝贝儿？"

他的声音听起来像笛声一样，明亮饱满，信心十足。

1　原文为法语。

2　英国伦敦的一条大街，在20世纪80年代之前是英国的媒体中心，英国几家报馆的总部均设于此。

"你会付我多少钱呢？"

挑衅的时候到了。

"她不适合。"

"为什么？"

"你不能挑衅一个波希米亚人[1]。这太可笑了。"

"为什么不呢？妓女也是资产阶级生活中不可或缺的部分。想想你的莫泊桑[2]。就像狗随主人一样，妓女也从她们客人身上获得了卑微的价值观念和刚直的品质。"

"这个比喻不准确——客人才是狗，妓女是女主人。"

"好吧好吧，不管准确不准确，只要你承认他们相互影响就是了……"

这时候我和托尼才意识到，我俩谁也没留意那个早已走掉的妓女，不知她对此作何反应。如果她喜欢这个笑话，那么也不算挑衅吧。

不过这种接触注定没有回报。我们更倾向于不和人们交谈，因为谈话会妨碍对他们的观察。如果你一定要问我们在找什么，我们可能会告诉你，我们正在找"兰波的'城市音乐大师'"。我们需要场景、事件、人物，就像那些可以用来填满一本"视觉大发现"系列图书的东西。而我们的书还没写，因为只有当我们找到那个一直在找的东西时才能动笔。有些事物美好而难以企及，比如走在幽暗

1　原文为法语。

2　居伊·德·莫泊桑（1850—1893），法国作家，与俄国的契诃夫和美国的欧·亨利并称为"世界三大短篇小说巨匠"。代表作品有《项链》《羊脂球》和《我的叔叔于勒》等。这里克里斯托弗是在暗示莫泊桑笔下刚直善良的妓女羊脂球。

的煤气灯下，穿过潮湿的鹅卵石路时，听到远处传来如泣如诉的手摇风琴声。而我们慌慌张张在寻找的是更原始、更别具一格又更真实的东西。

我们四处寻觅情绪。火车站带给我们泪眼迷离的告别和机械闭合与断开的刺耳声响。这很容易找到。教堂让我们生动地见识了信仰的欺骗性。虽然观察它时，得格外小心。哈利街[1]的台阶让我们体味到人类对死亡战战兢兢的恐惧。还有国家美术馆，那是我们最常闲荡的去处，它带给我们最纯粹的审美愉悦。当然了，老实说，这份愉悦并不如我们最初设想的来得那么频繁、纯粹和令人回味。比如，让我们常感气愤的是，美术馆里老有一种滑铁卢站或维多利亚站的气氛，参观者们都很像是才走出车厢，在和莫奈、修拉[2]或戈雅[3]打招呼的旅人。"噢，太惊喜了！当然，我就猜到你在这儿！但真见到你本人还是让我很吃惊！哦，天哪！你和过去看起来一样，一点儿没老。真的没有……"

我们常去国家美术馆的理由很简单，因为我们极其认同，艺术是生活中最重要的事物之一。对于这一点，大概只要神志正常的朋友都无异议。它是一种人们可以义无反顾为之献身的永恒，同时还能源源不竭地回报人们。更关键的是，对于热爱艺术的人，艺术会潜移默化地改变他们。它不只让人更珍惜友谊，更有教养（我们

1　哈利街：英国伦敦的一条大街，以专营私人医疗业务著称。

2　乔治·修拉（1859—1891），法国画家，新印象派创始人之一，代表作有《大碗岛的星期日下午》。

3　弗朗西斯科·德·戈雅（1746—1828），西班牙浪漫主义画派画家，画风奇异多变，对后世的现实主义画派、浪漫主义画派和印象主义画派都有很大的影响。

看到其中的因果循环），而且还让人变得更善良，更智慧，更友善，更平和，更积极，更敏锐。如果不是这样，艺术有什么用？如果它没有这么多优点，那我们还不如吹短号去呢！据推测 [1]，一个人在体味一件艺术品时，他就在以某种方式提升自我。所以自然地，我们很期待能观测到这个过程。

坦白地说，在国家美术馆度过几个星期三之后，我们感觉自己有点儿像 18 世纪那些在战场上四处搜寻新鲜尸体，想要通过解剖来发现灵魂实体的外科医生。当然，他们之中有人真的认为自己发现了终极秘密。其中有一位瑞典医生，他给临终的病人称重，连着病床和其他东西一起称。他发现病人在去世后身体重量减轻了 21 克。这显然是个大发现。我们不指望在国家美术馆看过几次展览后体重就会有变化，但我们依然认为自己被赋予了什么。你一定能够看到什么。有时候，确实看到了。但更多时候，你发现自己只是注意到一些外在的东西，就跟从你身边走过的那群满脸倦怠的参观者一样：因为知道几个名字就沾沾自喜，嘲笑某些流派的画家，对画框、用色、修复技巧和画作悬挂的位置品头论足、大发牢骚，说别人是笨蛋、怪胎。你不得不习惯他们手托着下巴故作深沉的姿势，习惯他们两手叉腰、昂首挺胸、像要跟人打架的架势，或者低垂目光浏览宣传册时，视线刹那从第十二栏直接移到第十四栏的模样。有时候，我们疑惑，我们是否真就比别人更聪明一些。

最后，我们极不情愿地决定相互测试。我们在托尼家里做这件事情，自认为严谨程度堪比在实验室。我的意思是，我们谈论美术

1　原文为拉丁语。

作品时，会戴上耳塞；谈论音乐作品时，则会用橄榄球袜蒙住眼睛。被测试者将被给予五分钟去感受一件作品。例如，莫奈的《鲁昂大教堂》，或者勃拉姆斯的《第二钢琴协奏曲》中的谐谑曲。然后你就等着他的回答。他会撇着嘴唇，像个不满足的酒鬼一样，停下来苦思冥想一会儿。你呢，也将抛开在学校里被灌输的那些从形式和内容来分析作品的理论框架。我们追求的是更简单、更真实、更深刻、更本质的东西。所以你从中感受到了什么？如果你坚持这种训练，自身会发生什么变化吗？

托尼大多时候都闭着眼睛作答，甚至谈论画作时也是这样。他会皱着眉头，直到两条眉毛挤到一起，嘴里"嗯嗯——"地嘟囔一会儿，然后说：

"皮肤有紧张感，主要是在腿和胳膊。大腿好像感到有水潺潺流过，内心振奋而激越。是的，我想就是这种感觉。胸怀壮志，信心十足，但并不装模作样，还有一股充沛的温和感，至少，让我觉得自己变成了一个好脾气的挑衅者。"

我在记事本的右页记录下所有这一切。而左页已经写满了这些灵感的来源，比如："格林卡，R.&Lud[1]，赖纳指挥 /Chi SO/RCA 手摇留声机；9/12/63。"

这是我们为帮助世界了解它自己所能做的全部努力。

1　此处指格林卡的歌剧《鲁斯兰与柳德米拉》。

5   我住在伦敦郊区

"没有归属。"

"Sans racines."（"没有归属。"）

"Sans Racine?"（"没有拉辛？"）[1]

"宽阔大道上？精神的漂泊者？"

"一大堆想法包裹在有红色斑点的手帕里？"

"L'adieu suprême d'un mouchoir？"（"我们挥舞着手帕相互道别？"）

托尼和我都以当前"没有归属"的状态为傲，并且渴望未来能达到"漂泊无依"的状态。我们看不出这两种心理状态有什么矛盾；尽管事实上，我们都与父母生活在一起，并且他们才是家里真正掌握着话语权和财产权的人。

而在漂泊的意义上，托尼远胜过我。他的父母都是波兰犹太人，

1　此处为双关游戏，法语中"没有归属"（Sans racines）和"没有拉辛"（Sans Racine）拼写相近、读音相同。

虽然我们对此不是特别确定，只知道他们在最紧迫的时刻从华沙的犹太区逃了出来。这样的背景，让托尼有一个引人注目的外国名字：巴巴罗斯基。他日常说两种语言，在三种文化中穿梭，而且承受着一种隔代遗传的痛苦（他曾向我强调过）。简而言之，他是真正的漂泊者。他看起来也像个被流放的人：皮肤黝黑，有个蒜头鼻，嘴唇很厚，个子矮小，让人没法对他生气，精力和毛发都极其旺盛。对了，他甚至不得不每天刮胡子。

而我本来就是英国人，还并非犹太人，有诸多劣势，但依旧想尽办法开发自己来自伦敦周边各郡的血统。我们家族很小，可依然能挖掘出一些有关漂泊和离散的基因。我们劳埃德家族（好吧，至少我爸爸这一脉的劳埃德家的人）来自贝辛斯托克。我妈妈的家族则来自林肯郡。几家亲戚现蛰居在伦敦周围的几个郡里，很少往来，连过圣诞节的时候也不常聚在一起。只有谁家死了人时，他们才会迫不得已地在葬礼上露个脸儿；或者在谁家有人结婚时，被热烈邀请的话，会不情愿地参加婚礼。除了亚瑟舅舅住得不远之外，别人都难得一见。这一点倒正合我意。这样一来，我就能假装他们是些住在风景如画的田野中的农夫，脾气暴躁的工匠，或者潜在的杀人狂。他们要做的只是在圣诞节时出门血拼，或者至少用什么东西去换其他东西。

和托尼一样，我也皮肤很黑，但个子比他高几英寸。有些人可能会觉得我太瘦，但我更倾向于认为这是年轻人特有的修长和轻盈。我的鼻子有望能再长大一点儿。我的脸上一颗痣也没有，但偶尔会有一排青春痘懒洋洋地横在前额上。我认定自己身上最特别的地方是眼睛——瞳眸深邃，忧郁，装载着已知和未知的秘密（至少，我是这么看的）。

　　这是一张"低调"的英国人的脸，和所有那些生活在伊斯特威克小镇的背井离乡者的气质很相称。在这座有几千人的郊区小镇上，每一个人仿佛都是从别的地方来的。他们被这里结实的房子、便捷的铁路线和肥沃的园艺土壤所吸引，于是留了下来。我发现这里独有的那种舒适、克制的无所归属感让人很安心，尽管我曾向托尼抱怨，我不喜欢这种生活状态，更想要些别的东西。

　　"……更回归本性一点儿，我希望，呃……自己能少一些伪饰，更混蛋一点儿……"

　　"你的意思是，你希望你能穿得更暴露，让自己更操蛋一点儿？"

　　嗯，好吧。我猜，至少我觉得是这样。

　　"你住在哪儿？"[1] 他们总年复一年地问我们这个问题，好像想训练我们的法语口语般。我总是傻傻一笑，答道："我住在伦敦郊区。"[2]

　　这样笼统地说比说住在伊斯特威克好听一点儿，比说住在米德尔塞克斯古怪些。它听上去更像一个只存在于脑海中的概念，而非一个你实实在在去买过东西的地方。这片狭长的土地是随着19世纪80年代大都会铁路[3]向西拓展被开发出来的。但在当时的地理划

1　原文为法语。

2　原文为法语。

3　大都会铁路：世界上最早一条市内载客地铁。

分上或人们的思想观念中，都还没有将它视为一片独立的区域：你住在这个地区，是因为它出行方便。而"伦敦郊区"这个名字，是在第一次世界大战期间因铁路线的名字和房地产商的宣传而诞生的，它赋予了这附近一连串郊区小镇一种虚假的整体性。

20世纪60年代初，大都会铁路线（确切地说是在沃特福德、切舍姆、阿默舍姆之间穿梭的这条铁路）一直保持着部分最初的独立性。在这条线路上运行的列车保持着一种很独特的中棕色，六十年没变。我在伊恩·艾伦[1]的《火车观察者》中看到，有的机车从19世纪90年代起就一直在运营。这些车车厢高大宽敞，内部用挺阔的大木板加固过；隔间之大，即使按现在的标准衡量也十分奢华。座位前后间距很宽敞，会让现代人不禁想象爱德华时代人的大腿骨都长什么样儿。座椅靠背都以固定角度向后倾斜着，这似乎是在暗示，过去列车在车站停留的时间很长。

座位上头挂着沿线景区的深棕色照片：桑迪·洛奇高尔夫球场，平纳山，摩尔谷郊野公园，乔利伍德村。从前的设备大多数还在：中间网兜松松垂下来的宽大行李架，行李架的支撑杆下有挂衣服的挂钩，窗户和车门上为防止来回晃荡而镶嵌的宽皮革条，门上又短又粗的镀金数字（"1"或者"3"），黄铜门把手下垫着的黄铜扣板。还有黄铜提示牌，上面刻着一条半命令半引诱口吻的标语："住在伦敦郊区吧。"一切都是从前的样子。

许多年来，我一直都在研究这些列车。从月台上，我只要扫一

1　英国一家出版公司，成立于1942年，专注于出版交通类图书。在铁路爱好者中很受欢迎。

眼，就能分辨出一节车厢是标准宽型还是加宽型。我对车上所有的广告都烂熟于心，对筒拱形车顶上五花八门的装饰了如指掌。我还知道人们脑洞大开，用刀子把窗户上"禁止吸烟"[1]的标语玩成了各种新"格言"。其中最受欢迎的是"禁止打鼾"[2]；"禁止接吻"[3]迷惑了大家很多年；"禁止下雪"[4]是最滑稽的。一个昏暗的下午，我偷偷溜进了头等车厢，径直走到一张软座坐下，因为太害怕而不敢朝四周乱看。我甚至误打误撞地进了列车最前面那个独立隔间，上面贴着绿色标识：女士专用。我刚推门进去，就感觉自己沐浴在三位穿花呢大衣女士无声的谴责中。不过，我很快就平静下来。但这并非因为女士们的沉默，而是因为我发现这个隔间里并没有什么特殊的设备能表现女人和男人的不同。

一天下午，和往常一样，四点一刻时我从贝克街坐车回家。那天我已经做完功课和思考题，在列车上不由盯着行李架下方正中间贴着的那张紫红色的交通线路图看起来。我像僧侣诵经时数念珠那样，一站一站地数着，突然右手边响起一个声音：

"弗尼站到了。"

我心想，真是个讨厌的老家伙，该死的"资产阶级"。拖鞋上绣着的太阳折射着他生命最后的一点儿活力。我敢打赌他肯定感染了梅毒。真遗憾他不是个比利时人。没准他是个比利时人呢？他刚

1　英文为"NO SMOKING"。

2　英文为"NO SNORING"。

3　英文为"NO SNOGING"。

4　英文为"NO SNOWING"。

刚说了什么？

"弗尼站，"他重复道，"昆顿路，温斯洛路，格兰德伯勒路，沃兹登，你从没听说过这些地名吧。"他说，断定我没有听过。老家伙，好吧，他太老了，以至于让我都恨不起来。一身上班族的装束，伞上有个金领花，公文包，擦得亮闪闪的鞋子。公文包里可能装着纳粹的便携式 X 光设备。

"没有。"

"过去这是一条不错的线路。一条……雄心勃勃的线路……你听说过布里尔线吗？"他想干吗？强奸？绑架？最好由着他信口开河吧，要不然六个月之后，我也许会在土耳其，臃肿不堪，还没有蛋蛋。

"没有。"

"布里尔线从昆顿路出发，一路经过沃兹登路、韦斯科特、沃顿、伍德塞丁，最终到达布里尔。这都是白金汉公爵建的。想象一下吧，我们途经的站当初都是他为自己的房产建的。三十年了，如今成了大都会铁路线重要的组成部分。你知道吗，我坐过公爵的最后一班列车，1935 年，或者 1936 年。就像我们坐的这列车。那是从布里尔站到弗尼站的最后一班列车，听起来像电影，对吧？"

这种电影我可不想看。即便他请我，我也不会去看。他肯定是个强奸犯。据说这样在车上和小孩搭话的人肯定都是那种人。但他也是个摇摇晃晃、弱不禁风的老头，我坐在车厢靠近月台的一边，而且手里拿着伞。于是心想，就跟他聊上几句吧。这样的人如果你不跟他们说话，他们有时候会变得更讨厌。

"坐过头等车厢吗？"我该叫他"先生"吗？

"你知道，这是一条很长的线路。过去他们叫它'延长线'。"（他是不是有点儿下流？）"这一段线路从贝克街一直延伸到弗尼站之外的地方。过去这路上有一列普尔曼式列车[1]，"（他是不是在回避我的问题？）"直到希特勒发动的法西斯战争爆发。事实上，有两列普尔曼式列车。你可以想象一下，想象一下，一列普尔曼式列车驰骋在贝克鲁线上，"（他轻蔑地笑了笑，我附和着。）"其中一列叫五月花号，你能想象出来吗？另一列的名字我记不太清了。"（他伸出指尖轻轻敲着大腿，但并没让他想起什么。他又变得下流了吗？）"记不起来了。不过五月花号的确是这两列车中的一列，它是欧洲第一列以电为动力的普尔曼式列车。"

　　"真的吗？欧洲第一列？"我尽可能显得很感兴趣。

　　"欧洲的第一列。这条铁路线历史悠久，你知道约翰·斯图尔特·穆勒[2]吗？"

　　"知道。"（我当然不知道。）

　　"你知道他最后一次在议会做的演讲是什么内容吗？"

　　我想我那副样子一定让他看出我不知道。

　　"在下议院，他的最后一次演讲是关于地铁的。你想象得到吗？1868年的《英国铁路监管法案》中，加进了一个补充条款，要求所有列车都必须增加一个允许吸烟的车厢。在穆勒的支持下，这项法案通过了。他为此做了一场精彩的演讲，说服了众议员。"

1　普尔曼式列车：一种极其舒适和奢华的卧铺列车。

2　约翰·斯图尔特·穆勒（1806—1873），英国著名哲学家、经济学家和政治理论家，19世纪影响巨大的自由主义思想家。

太好了！棒极了，难道不是吗？

"可是，猜猜看，有一条路线除外，只有一条，就是这条大都会铁路。"

你可以想象到，他那时大概刚满十八岁，一定在为这事上蹿下跳地积极投票。

"为什么呀？"

"哦，因为隧道，隧道里烟雾乱飘总是不好的。很容易发生意外。"

嗯，或许他没有我想象得那么坏。就剩下四站了。也许他这个人挺有趣的。

"那别的地方呢？奎顿之类的地方呢？"

"是昆顿。它们都在艾尔斯伯里再过去的地方。沃兹登路，昆顿路。再往前，格兰德伯勒，温斯洛路，弗尼站。"他再讲下去，我就要哭出来了。"从弗尼站到贝克街有五十英里[1]。多长的一条铁路呀！你能想象到吗？他们计划让这条铁路接到北安普敦和伯明翰，然后穿过约克郡和兰开夏郡，穿过昆顿路，穿过伦敦，直达英格兰东南部，再穿过一条海峡隧道，到达欧洲大陆。一条多么了不起的铁路啊！"

他停顿了一下。一座空旷的学校操场一闪而过。还有一座金属的旋转木马，上面搭着晾晒的衣物。汽车风窗反射着阳光。

"他们一直没有把外环铁路线建起来。"

毫无疑问，他是个喜欢哀悼过去的老家伙。他告诉我工人的票

---

1 英制长度计量单位，1英里约为1.6公里。

价，电气化的过程，还有伦敦罗德地铁站在二战爆发时关闭了。他还给我讲了一个叫爱德华·沃特斯金的爵士的故事。那位爵士曾经有不少宏伟的计划。毫无疑问，是个野心勃勃的老混球，他肯定分不清提香[1]和天梭[2]。

"你瞧，这不仅是抱负的问题，还需要自信。充满斗志的自信……如今……"他看出我脸上不善的表情。每当他说完几句，我脸上总会不由得现出这种表情。"不要嘲笑维多利亚时代，小伙子。"他生气地说。那腔调突然之间又让他显得很下流。或许他就是个强奸犯，或许他看穿了我在耍他。"你应该看看他们都干了什么事情。"

什么！我，嘲笑维多利亚时代？我连嘲笑那个时代的空闲都没有。在此之前，我已经嘲笑过蠢货、完美主义者、老师、父母、兄弟姐妹、英格兰足球北三联赛、莫里哀、上帝、资产阶级和普通老百姓。我还有什么力气去嘲笑历史呢？我看着这个老家伙，想做出一个"因品格受辱而义愤填膺"的表情，但我这张脸不长于此道。

"你看，这条铁路不仅仅关系到它的建造者和运营者，还涉及我们每一个人。你也许对此不感兴趣。"（噢，天哪，他还要继续说下去吗？）"但是从贝克街开出的第一列直达法灵登大街的快车进站时，乘客们在十分钟内就把大街上所有餐馆的食物都一扫而光。"（也许他们是因为害怕。）"十分钟吃了个精光！就像一大群蝗虫飞过！"他现在更像是在自言自语。为了安全起见，我认为问一个新

1　提香（Titian，1488/90—1576），意大利文艺复兴时期的著名画家。

2　天梭（Tissot），瑞士名表。

问题转移话题比较明智：

"就是从那时候起，人们把这儿叫伦敦郊区的吗？"我问道，其实我都不知道自己说的是什么时候，只是小心翼翼，不要让人家觉得我在嘲笑他。

"伦敦郊区？这没什么好说的。"他终于又听我说话了。"世风日下就是从那时候开始的。不，还要更晚一点儿，大概是在希特勒的战争前的另一段战争时期。当时为了取悦房地产商，这地方被吹得天花乱坠：给英雄一个舒适的家。离贝克街只有二十五分钟，坐到终点还有补贴。"他出乎意料地说出这样一番话。"这么就把它弄成了现在这个样子——一座资产阶级的大宿舍。"

我嗓子里仿佛卡了一根鱼刺。天哪，你怎么能那么说呢？这是不允许的。看看你自己，你才是资产阶级呢！我就这样叫你，我什么时候都能这么叫你。但你不能这么叫自己，不能……我的意思是说，这违背了所有现有的规则。这就像一个老师承认他早知道自己的绰号一样。我想……现在只能用非常规的手段来寻求答案了。

"这么说，你不是资产阶级了？"我在心里"盘点"起他的衣服、说话的腔调和手里提的公文包。

"哈哈，我当然是啦。"他轻声说，几乎带着几分温柔。他的语气消除了我的疑虑，但他的话却让我更困惑了。

6　焦土政策

　　我和托尼一直在努力减轻我们对条件反射的依赖。在对布鲁克纳[1]的作品苦思冥想之后（脉搏变缓，胸腔内有模糊的拉扯感，肩膀抽搐，脚部痉挛。想出去找个同性恋暴打一顿？布鲁克纳《第四交响曲》/ 爱乐 / 哥伦比亚 / 克伦佩雷尔[2]），当我们都懒得出去挑衅谁时，常会聊回同一个话题上去。

　　"一件关于父母的事。他们交合才生下了你。"

　　"你觉得他们是有意的吗？"

　　"也许不是，但他们就这么干了，不是吗？"

　　"是的，可这并不是他们的错，不是吗？"

　　"你是说像左拉描写的那样，因为他们的父母也是那样生出他们的？"

　　"对。不过你多多少少还是应该责备他们的，不是吗？我的意

1　安东·布鲁克纳（1824—1896），奥地利作曲家、管风琴演奏家。

2　奥托·克伦佩雷尔（1885—1973），德国指挥家，以优秀诠释贝多芬的作品著称。

思是，他们没有意识到他们是被父母那样弄出来的，他们接着继续弄，弄出了我们。"

"哦，是的，我并不反对他们该受点儿惩罚。"

"你让我有点儿担心了。"

每天清晨，早餐的时候，我都会满眼疑惑地看着家里人。首先让我惊讶的是他们都坐在那儿。他们中的某些人为什么没有因为无法再忍受我在他们生活中窥见的那些空虚而半夜逃走呢？为什么他们还老老实实地坐在前一天早晨坐过的地方？看起来，再过二十四个小时，他们还会高高兴兴坐到这里来？

饭桌对面，我哥哥奈杰尔的目光越过维他麦片，落在一本科幻杂志上。（或许他就是以此来控制心中的不满的，让自己逃进《新银河》《新世界》和《世界真奇妙》中。我倒从没有问过他心里有没有什么不快和痛苦。如果真有什么让他痛苦的事——当然，我更希望没有——那也不会是什么太特别的事。）在他旁边，妹妹玛丽的目光也越过她的早餐盯着碗边的胡椒瓶和盐瓶。这不是因为她还没睡醒。吃晚饭的时候，她会盯着刀叉看。或许有一天她能从这些瓶瓶罐罐、刀叉杯盘上"毕业"，转而盯着玉米片包装袋看。玛丽今年十三岁，话很少。我觉得她比我更像奈杰尔，他们都长得温文尔雅，平淡无奇。

爸爸坐在我右手边，正在翻看《泰晤士报》股票交易价格那一版，嘴里喃喃着对这些数字的看法。我长得也不太像他。毕竟，他是个秃顶。可能我们下巴的线条有点儿像，但毫无疑问，他可没有一双像我这样深邃的充满探究精神的眼睛。他会时不时向妈妈抛出一个关于园艺的问题，仿佛在检查她有没有恪尽职责。妈妈坐在我左手边，一边传递着食物，一边回答着问题，并在大家都默默用餐的时候，和声细语地唠叨着。我长得也不像她，有人说我的眼睛和她的一模一样。即便他们说的是真话，那么我们别的地方也完全不像。

我和他们真的有关系吗？我怎么能不指出我们之间明显的不同呢？

"妈妈，我是私生子吗？"（我用很日常的交流语气问。）

我听到左边发出一阵窸窸窣窣的响动。哥哥和妹妹仍继续着他们的"注视"。

"不，亲爱的。要三明治吗？"

"您能确定我不是私生子，一点儿可能也没有吗？"我向奈杰尔和玛丽挥了挥手，仿佛要他们作出解释。

爸爸清了清嗓子："好了，该上学了，克里斯托弗。"

呃，他们有可能在撒谎。

亲子关系对于托尼和我来说，很类似于严格责任犯罪[1]。在这件事上他们不需要有任何犯罪动机，只需要生孩子，就直接构成了犯罪行为。在对整个案件的具体作案环境和社会背景作了通盘考虑之后，我们作出判决：永久缓刑。至于我们自己，作为受害者，作为弃儿，我们最终意识到，人的独立存在只有在严格消除自己对各种外界刺激的条件反射后才能获得。加缪用他的名句"今天我母亲

---

1 严格责任犯罪是个法律术语，又称结果责任。即只要行为人实施了造成危害结果的行为，不论其是否有罪过，均应追究责任。

去世了。噢，可能昨天就去世了"[1]，揭示了这个每个人都难以摆脱的困局。"消条"[2]，如我们称呼它的，是一个意味深长的双关语，是每一个有自尊的青少年当履行的义务。

但实际去干这件事比我们想象的要难得多。因此我们决定分两步走。首先，实行"焦土政策"：有计划地排斥与拒绝，对于许多观点都一意孤行地反对，以无政府主义的方式荡涤一切。毕竟我们是"愤怒的一代"。

某天午饭期间，我和托尼在六年级教室前面的阳台上漫无目的地溜达。我问他："你有没有觉得我们属于'愤怒的一代'？"

"是呀，我确实很愤怒。"他像往常一样斜着眼睛笑眯眯地说。

"将来有一天我们老了，有了侄子、侄女，他们会不会问，当年在那个时代我们都干了些什么？"

"嗯，我们每天都在义愤填膺，不是吗？"

"不过，是不是有点儿不大对劲儿呢？在学校里我们不是跟着兰彻斯特那个老家伙读过奥斯本[3]吗？我的意思是，你认为一些体制化的做法会继续下去吗？"

"你到底在说什么？"

"呃，他们可以通过把知识分子吸收进体制内的手段，扭转知识分子的反叛心。"

---

1 原文为法语，阿尔贝·加缪的著名小说《局外人》的开篇第一句。

2 托尼和克里斯托弗为"消除条件反射"创造的简称。

3 约翰·奥斯本（1929—1994），英国剧作家和电影制片人，代表作为《愤怒的回顾》和《卖艺人》。被视为20世纪50年代英国文学新流派"愤怒的一代"的领军人物。

"所以呢？"

"所以，我认为，也许我们该采取的真正行动是漠不关心。"

"经院哲学，"托尼露出令人欣慰的讥笑，"跳梁小丑。"

问题在于他比我有更多的机会愤怒。托尼的父母有些特别之处（我猜这部分归因于他们曾在犹太区居住的经历）：第一，他们笃信宗教；第二，他们恪守戒律；第三，他们对爱充满占有欲；还有第四，他们的生活相对拮据。于托尼而言，他只要成为一个游手好闲、挥霍无度的不可知论者，这样就已经是个完美的"愤怒的一代"了。去年，他把家里的门把手弄坏了，他爸爸停了他三个月的零花钱。这一招的确有用。我的情况就不一样了：如果我捣蛋、任性、耍赖，我父母会尴尬地展现出极大的宽容，只轻描淡写地说我两句（"这个年龄就是难熬啊，克里斯托弗，你正在长大呢"），这已经是他们说过的最接近指责的话了。要是我拿着东西四处乱戳，想玩个假动作，却一下正正戳中了自己手腕，我妈妈会有怎样的反应呢？她会拿来碘酒和纱布，给我的关节上药。

当然了，"焦土政策"不可能解决所有问题。我们凭着远超同龄人的洞察力，渐渐认识到，仅靠排斥或者背离自己父母的世界观和道德观，其实于事无补。就像亵渎神明本身暗示着受宗教影响一样，粗暴地抹去童年的做法反而暗示着对这段经历的认同。我们不能步其后尘。因此在不出卖原则的前提下，我们还是决定继续在家里生活。

"焦土政策"只是第一步，第二步是"重塑"。尽管有诸多理由和隐喻迫使我们不太密切关注这一部分，但这事已经提上日程。

"你觉得应该如何'重塑自我'？"

"你指哪方面？"

"你不觉得我们应该为它做个计划吗？"

"现在不就在做吗？'焦土政策'不就是计划中的一部分吗？"

"嗯……"

"我是说，我觉得我们现在没必要把自己限制在某个框架内。毕竟我们才十六岁。"

没错。你离开学校之前，生活不会真正开始。我们已经足够成熟到懂得这一点。一旦走出校门，你就要：

"……做符合道德的决定……"

"……进入社交场合，建立种种关系……"

"……崭露头角……"

"……挑选自己的衣服……"

眼下，你可以做的，只能是评判自己的父母，勾搭你讨厌的家伙的好友。试着在低年级小鬼中树立威望，让那些即便没和你说过话的男孩也对你心怀敬意。决定今天在领带上是打半温莎结还是温莎结。此外，并没有太多真正有意义的事能干。

7　谎言曲线

　　伦敦郊区仿佛就是为星期日创造的。星期日早晨，当我还赖在床上琢磨着如何打发这一天的时候，教堂的钟声与列车的隆隆声已划破郊区寂静宜人的天空。钟喋喋不休地把你"吵醒"，然后百折不挠地一直响着，直到发出一声宛如被打败了的闷响，才最终消停下来。列车驶入伊斯特威克站时的动静比平时更大，好像在为乘客不多而高兴。到了下午，如同遵守着某种心照不宣的协议般——第三种声音响了起来，割草机有节奏的机械运作声：加速，急刹，转向，加速，急刹，转向……当它停下来后，又会传来修枝剪咔嚓咔嚓安静地吞没草叶的声音。最后，有一种仿佛是被你的耳朵主动吸进去的动静响了起来，那是用麂皮擦拭靴帽发出的轻微吱吱声。

　　星期日是用水管浇灌花园的日子（我们全得为在室外安装水龙头而缴纳额外的税）；是邻居的孩子们在院子里大喊大叫着疯跑的日子；是沙滩皮球在篱笆上飞来飞去的日子；是新手司机手忙脚乱地用三点转向法驶过十字路口的日子；是年轻人在午饭前开着家里的车去斯蒂莱酒馆喝一杯的日子，他们的小盐袋总会不小心从柚木餐桌的板缝间掉下去。星期日，总是这么安宁祥和，阳光明媚。

　　但我讨厌星期日，因为它让我持续失望地发现自己是那么的不知足，并让我因此而怒不可遏。我讨厌星期日的报纸，它们总试图往你昏昏欲睡的大脑中塞进一堆你压根就不需要的东西。我讨厌星期日的电台，一直在播放各种刻薄的评论。我讨厌星期日的电视节目，屏幕上都是"智囊团"的说教、成人正剧、情感节目以及关于核战争的东西。我讨厌待在家里，被偷偷摸摸照进房间的阳光突然刺痛眼睛；或者坐在外面，让同一轮太阳晒化你的大脑，感觉自己的脑浆就要溢出脑壳。我讨厌星期日被分配的任务：擦洗汽车，肥皂水老是会流到我的腋窝里（它们到底是怎么进去的）；清空割草机，这活儿最后得用指甲把小车底部的草屑一点点抠出来。我讨厌干活儿，也讨厌无所事事。讨厌去高尔夫球场散步，碰到也去那儿散步的人。他们像我一样，在那天干的最多的事就是等待星期一到来。

　　唯一能打破星期日一成不变安排的是，当妈妈宣布：

　　"今天下午我们去看亚瑟舅舅。"

　　"为什么？"这种程式化的异议一向没什么用，但我并不介意。我只是想作出表率，让奈杰尔和玛丽能学会独立思考。

　　"因为他是你舅舅啊。"

　　"可他下个星期也还是我舅舅，下下个星期也还是我舅舅啊。"

　　"这不是重点，我们已经八个多星期没过去看看了。"

　　"你怎么知道他想见我们呢？"

　　"他当然想见，我们都两个多月没见了。"

　　"他打电话来让我们过去的吗？"

　　"当然不是，你知道他从来不会主动打电话。"（真是小气。）

"那你怎么知道他想让我们过去呢？"

"因为差不多每过这么长时间，他就想见见我们。别没事找事了，克里斯托弗。"

"他或许正在读书或者做别的什么有意思的事情呢？"

"哦，如果是我的话会扔开书，去看看两个月没见的亲戚。"

"我可不会这么干。"

"这不是重点，克里斯托弗。"

"那重点是什么？"（奈杰尔故意打了个夸张的呵欠。）

"重点是我们下午要过去，你现在快去洗手准备吃午饭。"

"我可以带一本书去吗？"

"你可以带一本书在车上读，但到了亚瑟舅舅家，必须把它留在车上。你拜访舅舅的时候手里拿本书太不礼貌了。"

"那么去拜访一个你根本不想拜访的人，是不是也不礼貌呢？"

"克里斯托弗，快去洗手。"

"我可以带本书去卫生间吗？"

这样的抬杠，我能无限期地进行下去，而妈妈的耐心也不会稍减，她唯一会表现出的不满就是直呼我的名字。她知道我会去的，我也心知肚明。

清洗完餐具之后，我们爬进家里那辆矮胖的莫里斯·奥克斯福德。它的车身是黑色的，里面配着紫红色的椅套。玛丽会直愣愣地望着窗外，任头发被风吹得凌乱地贴在脸上，也不伸手拨一下。奈杰尔会低头看杂志。而我一般在吹口哨或哼歌，通常总是从一首盖伊·贝阿特[1]的歌开始。这首歌是我从长波收音机里听来的，第一句是："带轮子的棺材，机械化的坟墓。"[2]我之所以哼这句歌词，一方面是因为它能让我情绪低落，另一方面是为了抗议"前座"[3]不让使用车载摩托罗拉收音机。这个收音机是车子自带的。在我看来，这款既非进口，又非流线型车身设计，不是红色，也不是跑车的玩意儿，唯一值得称道的就是这个车载收音机了。这车的后风窗上甚至还贴了一个标签，用肥皂水都洗不掉，上面印着摩托罗拉的广告词：我始终沉浸在无线电波的欢乐中[4]。但我们在路上时不准听收音机，因为"前座"断言这么做会分散司机的注意力（在车库里也不能用，因为那么做会耗尽汽车电瓶的电）。

在二十分钟的安全驾驶之后，我们到了亚瑟舅舅在切舍姆附近的小屋。亚瑟是个幽默的老家伙，狡猾，吝啬，经常撒谎。我发现他撒谎的方式很有意思：不是为了利益，甚至不是为了达到什么效果，只是为了让自个儿兴奋和高兴。托尼和我曾经做过一个关于撒谎的小研究。充分调查了认识的每个人之后，我们在一张坐标纸上画出了一条"谎言曲线"。这条线的形状像极了一对乳房的横切面，只是它们好像分别来自一个十六岁的少女和一个六十岁的老妪。在这条曲线上，亚瑟和我也许同时达到了最高点。

1　盖伊·贝阿特（1930—2015），法国歌手和歌曲作家。

2　原文为法语。

3　根据交通法规，只有12岁及以上者才可以坐在汽车前座，这里作者用"前座"指代作为成年人的父母。

4　原文为 I'VE BEEN EXPOSED TO RADIO ACTIVITY。这句广告一语双关，"radio activity"合起来为"radioactivity"，指"放射性，辐射"，所以这句广告读起来又像是"我遭遇了辐射"。

"你们好啊！"我们刚拐入私人车道，亚瑟舅舅就大声问候道。他满头白发，弯着腰。其实他的腰并没有那么糟糕，但这样做能赚到更多怜悯。他还特意穿得破破烂烂的，好让你同情他可怜的单身汉生活。但我觉得他一直没结婚只是因为他没遇到哪个富到能够养活他的女人，而且，也没谁真愚到看不破他。

"这一路还好吗？"

"还算顺利，亚瑟。"我爸爸回答道，摇上车窗，"就是四号公路有点儿堵。我估计你也想到了。"

"是的，一到星期日该死的司机们就都出笼了，哦，原谅我的法语。"亚瑟假装刚看到我下车，"最近怎么样呢，小伙子？哦，你还带了读的东西呢！"那是一本口袋本的福楼拜的《庸见词典》。

"是的，舅舅，我知道您不会介意的。"（我偷偷看了看妈妈。）

"哈哈，当然不，当然不介意。不过，你得先帮我个忙。"

哦——

亚瑟用粗大的手指支撑着，不无夸张地直起腰。他揉搓着开襟毛衣上麻花状的图案，好像那之下是一块块僵硬的肌肉。

"屋后有个树桩出了点儿麻烦，你跟我去看看。其余的人都进屋去吧！"（奈杰尔因为胸口有毛病，所以这种杂事都与他无缘，玛丽又是女孩子。而父母呢毕竟是父母。）

不得不说，我还是有点儿佩服这个老家伙的。如果他说背疼，一定是椅垫已经脏到令人作呕，不得不洗了。他明明知道在星期日肯定有比午饭后立刻去挖树桩更好的事情做。比如花半个小时读读《星期日快报》，那一直是他最喜欢做的事情。可这么多年来，亚瑟舅舅一直拿帮他干活儿来狡猾地报复我。

这事的起因是这样的。在我还天真无邪的时候，有一个星期日，我们全家人来看他，他一见面就编故事说，刚刚他正在花园里干活儿，累坏了。当他正和我爸爸没完没了地谈论园子里的卷心菜时，我迅速跑进了屋里，悄悄摸了摸他的椅子。正如我所想，椅垫热乎乎的，就像一泡鹅屎。当大家都进屋来的时候，我故意漫不经心地说：

"舅舅，你不可能像你说的那样一直在花园里干活儿，你的椅垫可暖和了。"

他用一种绝对不会饶过我的眼神瞥了我一眼，然后生龙活虎地冲出屋子，完全不像一个才挖完卷心菜根累坏了的人。"费迪南！"我们听见他在外面大喊。"费迪南！费迪南！"紧接着，走廊里传来一阵狗爪踩在地上的啪哒声和稀里哗啦流着口水的喘息声，然后是一声粗革皮鞋重重踢在拉布拉多犬身上的闷响。"要是再让我逮到你坐我椅子上，小心你的狗命！"

从那以后，我就发现亚瑟总会攒着一些细小但很烦人的活儿等我去做。比如让我用根不够长的柄，想办法把汽车机油箱里的污油全弄出来（"注意你的衣服，小伙子！"），或者让我去清理荨麻地（"哦，对不起小伙子，我这手套上都是洞"），或者让我冒着刺骨的寒风去给他取包裹（"你得跑着去，要不然就赶不上了。听着，我给你掐着时间呢！"那次他可失算了：为了报复他，我故意慢慢悠悠走到那儿，错过了包裹，然后跑回来）。这次是挖一个巨大的树桩。亚瑟已经在树根周围挖出一条浅浅的小沟，露出几条细细的、无关紧要的侧根，而在一条有大腿粗的根上故意盖了一层松软的土。

"不会太麻烦的，小伙子。当然，除非主根扎得很深。"

"就像这条你用土盖起来的大家伙？"我们俩独处的时候，还是可以开诚布公的。这种时候，我甚至有点儿喜欢他。

"盖起来？你在说什么呢，小鬼？你说那里吗？那下面会有根吗？天哪，天哪！你绝对想不到，这样一个树桩会有那么多条根，不是吗？但我很肯定像你这么聪明的年轻人，认真思考一会儿，一定能把它弄出来！对了，鹤嘴锄的头不太稳，挖土的时候可能会掉！一会儿喝茶时见吧。天哪！外面真是太冷了！"他一边说着，一边进了屋。

现在我脑中冒出了各种报复的想法：满怀热情地把土撒得到处都是（比如撒到保护着莴笋幼苗的钟形罩上）；弄坏工具，不过这会给爸爸添麻烦；我能想出的最好办法是——虽然因为没法找到锯子而不得不放弃——把树桩沿着地面锯断，然后用土把地下的部分盖起来（"噢，对不起，舅舅，你没告诉我，你是想要我把这些根全部挖出来。我以为你只是想让我解决树桩，以免它晚上会绊倒人"）。

最后，作为妥协，我决定采用拖延战术。我先围着树桩挖了一个半径大约四英尺的大圈，间或挖断一些延伸到周围的无关紧要的细根，但是一点儿不触动树桩本身的"稳定性"。我装作在认真工作似的狂热地胡乱刨土，直到已经过了四点，舅舅不得不出来叫我。

他走过来的时候，我冲他喊："小心感冒，你要是不干活儿就赶紧回屋吧，外面太冷了！"

"我就是来看看你干完了没有。天哪！你这都干的什么活儿呀，傻瓜！"这时，我已经围着树桩挖了一条一英尺宽、三铁锹深的沟。

"我在一点点削弱它，舅舅，"我用专业人士的口气解释道，"听了你对主根的描述，我想在动它之前，最好先把周围的土挖得宽一点儿、深一点儿。这不，目前我已经干掉这么多根了。"我指着一堆小树枝般粗细的根，自豪地说。

"啊，该死的罗斯金！"舅舅对我吼道，"你这个倒霉的小书呆子！给你个猪屁股，你都不知道怎么用它，是吗？"

"茶好了吗，舅舅？"我很有礼貌地问。

喝茶的时候，我总是期待看到亚瑟把泡得太软的姜汁饼干泼到他的开襟羊毛衫上。喝完茶后，我会跑进车库里偷偷地看自己。在那些日子里，我不但几乎夜夜梦到和性有关的事，而且只要一点点刺激，身体就会硬起来。在上学的路上，我常常把书包放在大腿前面，急切地想找到点儿什么，在抵达贝克街之前让那个蠢蠢欲动的玩意儿老实下去。女式宽松内裤的小广告，古罗马竞技场的伪历史，甚至《亚威农的少女》[1]都能起作用，它们都会让我想把手伸到裤兜里，安抚一下。

亚瑟舅舅的车库最吸引我的地方是里面整整齐齐地放着一沓沓《每日快报》。亚瑟舅舅喜欢收藏东西。我估计这些报纸是他从第二次世界大战时便开始收藏的。以他一贯不务正业的思维方式可能认为整理报纸总比去参与"胜利耕作"[2]轻松。不管怎么说，我没有

---

[1] 《亚威农的少女》：西班牙著名画家毕加索创作于1907年的名画，画面上有五个形象扭曲的少女，她们或坐或立，向人们展示着自己的身体。现藏于纽约现代艺术博物馆。

[2] 胜利耕作：第二次世界大战期间，英国政府将市民农场的功能发挥到了极致，著名的口号"为胜利而耕作"一度引导并鼓舞民众，凝聚了战时的社会力量。

任何的抱怨。当大人们在讨论抵押、移栽、挺杆，玛丽和奈杰尔"被允许"去洗餐具时，我就像个帕夏老爷一样，四仰八叉地躺在亚瑟车库里那把快垮了的椅子里，旁边放着三摞《每日快报》。就我这个"鉴赏家"的眼光来看，"今日美国"是这份报纸上内容最丰富的版块。这个专栏每天至少会刊登一个男欢女爱的故事。紧随其后的是"电影评论"和"八卦专栏"（时髦的通奸故事让我爱不释手）。还有伊恩·弗莱明[1]的长篇小说连载和各种有关强奸、乱伦、猥亵的案例。我贪婪地阅读着这些摊开在双膝上的人间万象。在这种场合，你不能耍花招，不过在任何时候，这些故事只会让你舒爽，不至于高潮。除了舒爽外，我从这些报纸上还收获了大量的故事，之后可以去和古尔德交换。古尔德的爸爸经常让他读《世界新闻报》，希望报纸能告诉儿子真实的生活是什么样儿的。

"瞧，我们相处得不错吧？坐在这儿挺舒服呀！"

老家伙故意偷偷溜了进来。我吃了一惊，"小弟弟"软了下去。不过在这个问题上，我倒不会遇到什么麻烦。

"小伙子，抱歉打扰到你了。不过我想你不介意帮我从阁楼上取些东西下来吧。我看不太清地板上的钉子，你的眼神儿肯定比我的好。"

1　伊恩·弗莱明（1908—1964），英国小说家和记者。代表作是以自己的间谍经历为基础创作的詹姆斯·邦德系列。

8　放纵，艰难，战争，艰难

当你步入社会后，生活中的一大改变是日记中记下的东西。你不再会记下那些你不喜欢做的事，或者你希望做却还没做的事，或者你打算将来做的事。相反，你只会记下你真真切切做过的事。要是你只做自己想做的事，日后这本记下你所为之书，读起来就像你曾经在日记中写下的幻想都一一成真了，只有时态的变化让人惊叹。

记得有一天晚上，在听了一段维瓦尔第[1]的音乐（"心跳变缓，心中涌出宽容与仁爱，萌生公民意识，大脑被涤净了"）后，我对托尼说："怎么说呢[2]，在这个时代，做年轻人挺好的。"

"嗯？"

"没有战争，用不着服兵役，女人比男人多，没有秘密警察巡逻，没人会因为你看《查泰莱夫人的情人》这样的书而惩罚你。不是很不错吗！"

1　安东尼奥·维瓦尔第（1678—1741），意大利巴洛克晚期著名作曲家和小提琴演奏家。
2　原文为法语。

"你还从来没有受过惩罚呢，郝德亨。"（托尼喜欢故意发错音。）

"是的，还真没有。我觉得当我们离开这个时代后，再回顾它之时，会认为它很伟大。"

"你说的也许有道理。瞧，已经有人把这段时期叫作'放纵的六十年代'了。"

"哦，放纵、狂野的六十年代。"我光听着这说法，"小弟弟"就差点儿硬了。

"我认为一切都在循环往复之中。"

"什么意思？"

"那个，让我们把'放纵'设为起始来看。二十年代，人们也像现在一样放荡而靡丽。所以一切可能都在循环往复之中，就像二十年代、三十年代、四十年代、五十年代，分别对应着放纵时期、艰难时期、战争时期、艰难时期；六十年代、七十年代、八十年代、九十年代，也许也对应着放纵时期、艰难时期、战争时期、艰难时期。"

托尼扬了扬眉毛。好像在表示，照这么说，听起来也没什么大不了的。

"那就是说，"我继续解释道，"我们还有八年自在逍遥的时光，然后要等三十年才能复归繁荣。这期间完全有可能会被杀掉。太可怕了！"

"要是这样，"托尼并不打算颓唐沮丧，"这八年里，我们能做些什么呢？"

"在这八年里，我们能和谁做？"

"不过想一想，这倒是不幸中的万幸。假如你是 1915 年出生的，到了能干那事儿的年纪，正好赶上艰难时期。在这之后，你很可能会死于战争。好不容易熬过艰难岁月，终于有机会做了，你都已经四十五岁了。"

"那就结婚好了，不是吗？

"有随军妓女呢。"

"如果你是在海军怎么办？"

这么看来，我们父母一辈可真够倒霉的。

"唉，那也是他们的命，我们什么忙也帮不了。"

"你觉得我们应该对他们好一点儿吗？"

可时间并非真的是像这样前进的。正如我的"意见本"所证明的，上面每一年都写满了同样无法宣泄的欲望，同样扭曲的愤恨和相似的懈怠。人们说，青春期是人一生中最有活力的阶段，无论是在生理还是心理方面，这个时期的少年都对未知有着无尽的好奇与渴望。可我印象里的青春期却并非如此。我的青春仿佛死水一潭。每一年都被填进新的课程，而它们听起来和之前的课并没多大区别。每一年，会多一些人叫我们"先生"。每一年，我们星期六晚上的门禁时间，都会晚了一点儿，再晚了一点儿。但是所有这一切的大框架都没有改变。权利与责任的缺失一如既往。对周围一切事物爱、敬畏与怨恨的程度，也没发生什么本质的变化。

"八年……"

不管怎么说，看起来并不是太长。

9　死亡

有极少数私密的事，我没把自己的看法对托尼和盘托出。实际上，这样的事，只有一件，那便是"死"。我们总是笑着谈论死亡，除了极少数情况——那个死了的人我们都认识。比如，南部联赛的边锋卢卡斯，一天早晨他被母亲发现开煤气自杀身亡。不过即使那样，我们对各种坊间传闻的热情，也远远大于对他的死亡本身。他为什么自杀呢？女朋友？把人家肚子搞大了？无法面对父母？

我想，死亡恐惧进驻我意识的时机和我不再信仰上帝这二者之间一定有某种程度的因果联系。但即便我这样说，这种联系也很松散，不是能环环推演出来的。上帝在十几年前，在没有任何说明与论证的情况下，就那么自然而然地进入了我的生活。现在，又因为一大堆理由离我而去。虽然这些理由依我之见都很不充分：感觉星期日很枯燥无聊；学校里献媚者们一本正经的布道；波德莱尔和兰波；亵渎神明后的快乐（这个很危险）；赞美诗的哼吟、管风琴的旋律以及祈祷者们的低语；没法再把手淫视为罪恶。而最重要的是，我不愿相信死去的亲戚正注视着我的一举一动。

所以，整件事就是这么自然发生的，虽然这么想并不能降低星期日的乏味，也无法减轻我自渎时的愧疚。然而短短几个星期后，好像上帝在惩罚我似的，对死亡的恐惧开始进犯我的日常，虽然它来得并不太频繁，但每次降临都让我心有余悸。我不是说这股恐惧来袭的时间、地点有什么特别的（和很多人的情况一样，它会在我躺在床上难以入眠之时叩门）。我说它特别，是因为这股恐惧有特定的触发条件：它总在我向右侧卧着，对着朝外的窗和远处的铁轨时，悄悄降临。而当我朝左侧卧，看着书架和房间的其余部分时，却从来不会想到死。并且这股恐惧一旦来袭，便不会因为翻个身就轻易消失掉，你只能等着它自己离开。于是，直到今天，我睡觉时身子都喜欢朝左侧卧。

　　这股恐惧到底是什么样儿的？我的恐惧和别人的恐惧有什么不同吗？我不得而知。我只知道，它会突如其来地出现，猛地吞没你；你克制不住想尖叫，但在家里这是不许的（他们反复强调过）。因此你只能躺在那儿，惊恐地大张着嘴，感受着恐惧的横冲直撞；意识完全清醒，大约一个小时后才能慢慢平静下来；而所有这一切，都是"非存在"这一似真似幻、若愚非愚的核心主题展开的背景和引发的零星症状。我在脑海中看到一幅星光逐渐隐去的画面，矫情的潜意识自行把它想象成了环球影业公司的电影开场画面。这股恐惧刹那钻进了你的睡衣，摇颤着你的身体，让你感到一股深入骨髓的孤独感。对时间（总是用大写字母书写的）的感知一去不返，心底涌起一种被迫害感，认为落到眼下田地，都是由于被某个人或某群人陷害所致。

　　不过，我害怕死亡并不是说我害怕死这件事，我真正害怕的是死掉之后的状态。有一种我最不能认同的观点认为："我并不害怕死去，那就像睡着了一样。我不敢面对的是死去的过程。"而深夜的恐惧让我无比清楚地意识到，死亡和睡眠全然不同。我想，只要我的存在不以死亡为终结，那么死去并不可怕。

我和托尼从没讨论过这个最基本的恐惧问题，倒是常不由得从概念上探讨"永恒"和"不朽"。我们像被放在迷宫中的自尊心很强的老鼠一样，努力想找到出口。部分幸存假说可以考虑——这是赫胥黎[1]奇妙的学术体系的基础——但我们没在这上面花太多心思。人通过生儿育女、传宗接代，似乎可以实现永生。但看看我们是怎样描绘自己父母的，所以就别指望轮到我们为人父母之时，后代真会作为代理，延续我们生命的价值。因此，更多时候，我们把自己偷偷摸摸、牢骚满腹的永生之梦，寄托在了艺术之上。

Tout passé.—L'art robuste

Seul a l'éternité.

（一切终将消逝，

唯有强大的艺术是永恒的。）

在《珐琅和雕玉》[2]的最末一首诗中，就有现成的句子。戈蒂耶是一位给人慰藉的英雄，他干什么都井井有条。他看上去也很强

---

1 托马斯·亨利·赫胥黎（1825—1895），英国著名生物学家和教育家，达尔文进化论的激进拥护者。他认为恐龙并没有真正灭绝，它们中部分只是进化成了现在的鸟类。
2 法国唯美主义诗人戈蒂耶的著名诗集。

壮，像橄榄球场上的大胡子前锋。他还有过许多女人。并且，他的话一向很直观，不需要任何注释，我们都能理解。

Les dieux eux-mêmes meurent.

Mais les vers souverains

Demeurent

Plus forts que les airains.

（即便诸神离世，

财富的主权，

依旧

坚如磐石。）

对艺术的信仰，是一种原始的抵抗死亡恐惧的有效手段。但是后来，有人给我灌输了星球死亡的概念。如果你认为世界会永不停歇地运转下去，那么渐渐地，你就能接受个人的消亡。反正日后你的作品能被电脑打印出来，被一代代孩子阅读欣赏，让他们惊异与喟叹。但午饭的时候，一个六年级科学班的同学告诉我，地球最终会在一片熊熊烈焰中化为乌有，这让我对艺术的永恒性有了新的看法。一张张黑胶唱片都化成了糖浆，狄更斯全集在 451 华氏度[1] 的

烈焰中被焚为灰烬，多纳泰罗[1]的雕塑熔化得像达利[2]笔下的表[3]。唉，我们还是说说其他东西吧。

我们来说说其他情况。假设，只是假设，有人发明了一种让人不死的神药——这种可能性并不一定比切割原子或发现无线电波更微茫。但就像医生最终找到治愈癌症的方法那样，这肯定要花很长的时间。而且目前人们也没急着想一举攻克这一难题。所以你要清楚，即使有一天他们真的找到了能推迟死亡的办法，你也是赶不上的。

或者让我们再说说其他情况。假设他们找到一种办法，能让你在死后复活。可是当他们掘开你的墓地时，却发现你已经腐烂太过，该怎么办？又或者你当初死后被火化了，他们没法找到你的全部骨灰，该怎么办？又或者"国家复活委员会"觉得你不是什么重要角色，不够格……又或者，就在你即将起死回生之时，一个笨手笨脚的护士因为压力太大，手一哆嗦，把那个攸关你性命的小药瓶掉在地上打碎了，于是你马上要清晰的视线又将永远地混沌下去……又假设……

有一次，我特别蠢地问我哥，他害不害怕死。

"现在考虑这事还太早了点儿吧？"奈杰尔是个讲求实际又条

---

1 多纳泰罗（1386—1466），意大利文艺复兴时期的著名雕塑家，一生中用各种材料创作了大量生机盎然、庄重从容的雕塑作品。

2 萨尔瓦多·达利（1904—1989），著名的西班牙画家，以用画作解释表现潜意识而著称。

3 此处指的是达利的名画《记忆的永恒》，达利在画中描绘了几块柔软变形的表，故有此说。

理分明的短视者。他刚满十八岁，正要去利兹大学[1]读经济学。

"那你从来都没想过死吗，没想要弄清楚它到底是怎么一回事吗？"

"这玩意儿怎么回事不是很显而易见的吗？双腿一蹬，然后就一命呜呼。"他伸出手在脖子上划了一下，"不管怎么说，我眼下对研究极乐死亡[2]更感兴趣。"他朝我咧嘴笑了，看出来尽管我是家里公认的语言学家，但并不明白他的意思。我确实不明白。

不过，我一定欣然接受了他的态度。因为之后，他的安抚把我从对自身和宇宙消亡的恐惧中拉了出来。但让我不解的是，尽管他总是在读科幻小说，每天都看很多有关续命、转生、变形之类的故事，但这些东西对他来说毫无意义。我敏感又骇人的想象力却应对不了它们，无论是文章还是想法都不行。而奈杰尔想象力没那么生动，对自身存在的终结也持一种比我更实际又豁达的看法。人生于他，似乎像一桩买卖。他会认为，人生就像搭出租车出行，一路上很舒适，但到了目的地，就必须付钱；像一场比赛，如果没有终场吹响的哨声，那么整场比赛就都没意义了；像一颗果实，成熟了，完成了自己一生的使命，就必须、也有必要从枝头落下。相比于无尽消逝的黑暗，这些比喻对我来说既让人舒心又充满欺骗性。

发现我恐惧死亡这件事给奈杰尔带去了很大的乐趣。他会不时从正在读的《新科幻》《小行星》或者《天外世界》等杂志上抬起头，

---

1 英国的顶尖学府，著名的六所"红砖大学"之一。

2 原文为法语，表示人在性高潮之后那种极度空虚和忧郁的状态。

一脸严肃地鼓励我：

"加油，小鬼！或许到了 2057 年，你就能赶上'肌体再生'。"或者"时空转移"，或者"分子固化"，或者"密封大脑"，或者其他诸如此类的东西，我猜这之中许多是他故意编出来逗我玩的。我从来没有认真看过那些杂志。那些书里描写的东西，真实的部分微乎其微。不过除了这个缘故，还因为那些书里有某些特别的东西，很容易开启我的恐惧和乱七八糟的遐想。

奈杰尔常让我很困惑。为什么好多事情他看得那么清楚？他到底比我聪明，还是比我糊涂？他的想象力到底是更丰富，还是更匮乏？或者这只是单纯因为他的性格比我更稳重？又或许这只是一个有关时间与精力的问题：你越勤奋（他总是忙个不停，即便有时只是翻翻低俗杂志），就越不容易让自己想太多，陷入忧郁。

当这些疑惑搅得我不得安宁之时，还好还有玛丽能让我感到一丝宽慰。她一直是个令人欣慰的笨姑娘。关于这个小妹妹，最让我愉快的记忆是，有一天她跪在地板上大哭，头上一边的马尾已经整齐地梳好，另一边还散着，皮筋断了，家里又没有其他备用的皮筋。她不得不面临一个艰难的选择，是从几根她觉得太娇气的讨厌丝带里选出替代品，还是用唯一的那根皮筋在脑后扎一条马尾。

在我的童年回忆里，哪里都有玛丽号啕大哭的模样。一切的一切都能让她哭起来：小狗的爪子上扎了一根刺，学不懂虚拟语态，学校里朋友认识的一个谁的姨妈在车祸中受了轻伤，零售商品涨价……她热烈的哭声对我振奋精神不无好处。这噪音让我心里好受。但有一次，我还是犯了一个错。我问她，她觉得人死之后会发生什么。她泪眼汪汪，用那种"帮帮我、求你了"的眼神抬头看着我。我没有给她转身逃走的机会，自己先逃走了。

10　隧道，桥梁

　　十六岁的生活处于一种奇妙的封闭又平衡的状态下。一方面，来自学校的束缚与压力，让你既憎恶又乐在其中。另一方面，来自家庭的束缚与压力，同样让你既憎恶又乐在其中。而在学校与家之外，大写的"生活"永远像非凡壮丽又缥缈难及的"最高天"[1]那样悬置着。还有一些特别的情况，比如假期，似乎可以让我们去提前体验一下"生活"，可最后却往往证明那和在家待着没什么区别。

　　不过在家与学校两头不断来回折返的过程中，有一个平衡点：其间的旅程。每趟一个小时十五分钟。一天中的两次转变。在一个终点站，你整个人看起来干净清爽，勤奋努力，很自律，提问前会三思，不会整天想着性，能把学习和娱乐时间安排得井井有条，没有病态地醉心于艺术，对于父母来说，是个即便不能让他们事事顺心，但至少能为之骄傲的男孩。而在另外一个终点站，你无精打采地走出车厢，趿拉着鞋，领带歪歪斜斜的，指甲像被狗啃过一样，

1　最高天（Empyrean）：古时被认为有纯净之火的地方，中世纪认为是上帝和天使的住所。

手心因为自慰而脏兮兮的，书包放在身前，遮掩着勃起的"小弟弟"，嘴里肆无忌惮嚷嚷着各种脏话，懒惰又自以为是，爱谄媚又诡计多端，蔑视权威，对艺术狂热不已，因为别无选择而老和同性朋友腻在一起，对天体营的想法十分着迷。

不用说，你不会注意到自己的变化，外人也很难注意到。在你转变的一刻，他们看到的依然是个还算整洁的普通小男孩——他把书包放在膝盖上，正用一张纸半掩着书页，自测法语单词，偶尔会抬起头来，望望窗外的风景。

我现在意识到，在那些年中，每天两次的旅行，是我唯一可以安全独处的时候。也许正因此，尽管年复一年，和那些穿着相似白衬衫和条纹衬衫的人坐在一起，透过同样的窗户，看着同样的风景，看着隧道内同样的墙壁，看着墙壁上常年纵横交错的脏兮兮的深色电缆线，我依旧对这段旅程乐此不疲。当然，还有这里每一天都上演着的从来不会输掉的游戏。

这些游戏中头一件是占座。这事儿其实没那么无聊。说实话，坐地铁的时候，我并不太在乎坐在哪儿，但我很喜欢坐在其他人想坐的位置上。这是一天中第一件有破坏力的行动。很多从伊斯克威特站上车的老家伙会想办法坐到他们喜欢的特定位置上：他们有最喜欢的车厢，最喜欢的座位朝向，还有最喜欢的能挂圆顶礼帽的带挂钩的行李架。对我而言，让他们可鄙的希望破灭是一项挺好玩的游戏，而且实施起来也不难，只要你不按照大人们的规则来玩就行。"条纹衬衫们"和"白衬衫们"总强迫自己一边装作漫不经心的样子，一边挪到最喜欢的座位边上，然后迅速用他们肥硕的屁股或四角包着金属条的公文包抢占心仪位置。可是小孩子才不管那一套呢！所谓的自律或者社会规则还没法强迫他们不去抢自己想要的东西（或者在这件事上是指不去抢他们并不在乎自己有没有的东西）。所以，你等车的时候，会在月台上毫无规律地晃来晃去，不断地变换位置，把那些老家伙惹得心烦意乱。车进站时，你又一个箭步冲到车门口，甚至最过分的，不等车停稳，就猛地拉开车门。

而其中最酷的环节是——尽管这么干很需要胆识——你抢到一个老家伙最想坐的座位，看着他气咻咻地在他第二喜欢的座位上坐定后，你又漫不经心地站起身，一屁股坐到车厢里明显没什么人想坐的地方，然后注视着他，一副心照不宣的样子。他们尽管很少坦承自己的欲望，但清楚地知道你早就看透了他们的心思。因此，你一石二鸟，赢了两次。

地铁旅行中的各种小伎俩我在很小的时候就都会玩了，比如：读报时如何将整张报纸左右翻折，让它始终只在一版宽的大小内；碰上希望你站起来让座的女人时，如何假装没看见；在一节人满为患的车厢里，如何抓住时机，一有座位空出来，就把它据为己有；在站台哪个位置上车，可以确保你下车的地点最为合适；如何利用没有出口的隧道抄近路；怎样用过期的季度车票蒙混过关。

这些小心机能让你在旅途中更从容自在，但旅途中还有远比这些更复杂深刻的体验。

"你不觉得烦吗？"一次我们计算着自己在地铁上日复一日、年复一年消耗掉的时间时，托尼问我。他总共只用坐十站，而且都是沿着环线走地下的部分，非常太平安全，连被强奸或诱拐的机会都没有。

"不，能看的东西多着呢！"

"隧道、桥和电报杆？"

"这是一部分。还有基尔本啊，多尔之类的地方。"

剩下的半天，托尼想证实下我的说法。在基尔本，从芬奇利路到温布利公园之间，列车要经过一座很高的高架桥。从桥上往下望去，到处是交错的街道，遍布着高大破败的维多利亚式排屋。每一座屋顶上都密密麻麻架着许多电视天线，它们纵横交织，暗示着屋顶之下是一个个用石膏板隔出来的挤挤挨挨的小房间。那时候，这地方汽车还不多，也没什么绿化带。镇中央矗立着一座庞大规整的维多利亚式红砖建筑，也许是一座很大的学校，一家医院，或者一座精神病患者收容所——我不知道，也没打算弄清楚。基尔本的魅力就在于你不需要太了解它，因为它在你眼中与脑中呈现出的效果，会随着观看它时的你、你的心情和时间的不同而不同。在冬日的傍晚，当蛋白色的灯光渐次亮起，这里会染上一层阴郁骇人的气氛，街道上似乎随时会冲出一个"硫酸杀手"[1]来。而在夏日阳光明媚的清晨，这里几乎没有雾，路上有许多行人，街道看起来就像闪电战期间的一座英勇的小贫民窟。你会不禁期待看到乔治六世拿着他的雨伞在走来走去地翻找炮弹残片。基尔本这个地方，能让你感受到工人阶级的队伍正在发展壮大。他们随时能像白蚁一样聚集在高架桥下，把"条纹衬衫们"撕烂。同时，这里的景象也很好地证明了，如此多的人可以这么平静又近距离地生活在一起。

托尼和我在温布利公园站下了车，换月台，坐回芬奇利路，再

1　指像约翰·乔治·黑格这样的杀人魔。黑格是一名英格兰连环杀手，曾谋杀了六个人，并在杀人后用强酸腐蚀受害者的尸体。

来了一遍。

"天哪，那么多人！"托尼最后感慨道。在我们脚下，就在离我们只有几百码[1]远的地方，生活着成千上万的人。但很可能我们这辈子都不会认识他们中的任何一个。

"啊，这是能证明神不存在的有力证据，不是吗？"

"是的，而且能让人领悟民主的重要性。"

"是为艺术而艺术。"

他充满敬畏地沉默了一会儿。

"好了，我收回刚才的话，收回刚才的话。"

"我就知道会这样。这一路还有其他地方能看，不过这里是最棒的。"托尼沉默地上了下一班开往贝克街的列车，这是他今天最后的铁道之旅。

从那以后，我不仅喜欢这旅程，还为它而自豪。基尔本的"白蚁窝"；贝克街和芬奇利路之间一座座又脏又乱的小车站；诺斯威克公园如旷野般开阔的运动场；尼斯登的火车车库，那儿停满了闲置无用、年久失修的火车头；还有每当开往马里波恩的快车风驰电掣驶过时，我透过玻璃瞥见的一张张乘客们冰冷的脸。这些全部在某种程度上，都彼此关联，赋予人满足感，使人的感知更加敏锐。如果不是这样，生活又该是怎样一副光景呢？

---

1 英制长度计量单位，1码约为0.9米。

11　SST 测试

你的日子一成不变，这是世界运转的基本定律之一。你总是谈论着当日子真变了时，会是什么样儿：你想象结婚，想象一晚上八次，想象着在未来，自己会以灵活、宽容、富有创意的方式去抚育孩子，让他们在丰裕富有的环境下长大。你想象着未来有自己的银行账户，去脱衣舞俱乐部，拥有袖扣、领扣和印着花体字母的手帕。但是任何预示着变化即将到来的征兆，也往往会带来不安和恐惧。

而在此期间，变化只属于别人。学校的游泳教练因为在更衣室猥亵男孩被开除了（虽然他们对我们说是因为"健康问题"）；霍尔兹沃思，五年级 B 班那个面相和蔼的坏小子，因为往一位老师的亨伯超级猎鹬汽车的油箱里倒白糖而被开除了。邻居家的孩子们干了不少非比寻常的事情，比如成功入职壳牌石油公司，被派驻海外；还有他们改造了自家那辆老破车，提升了它的马力；并且，他们还在新年之夜去参加了舞会。而我们家里唯一能与之相提并论的变化是，我哥哥找了一个女朋友。

人们遭受精神打击，通常是因为一些其他方面的缘故，不是吗？

比如儿子长得比老子高了，女儿的胸发育得比妈妈的还要丰满，兄弟姐妹之间的病态迷恋。又或者是手足间由于一方拥有的东西、身上的闪光点或优秀的学习成绩而心生嫉妒。但在我们家，这些情况都不突出：爸爸比我们两兄弟都更高更强壮；相比于让人想入非非，玛丽只能唤起我的怜惜；父母在衣食住行上对我们仨从来一视同仁，上帝也很公平地让我们谁都长得比较抱歉。

事实上，哥哥有了女朋友，我并不嫉妒。我心里最先出现的是恐惧，之后变成了厌恶。奈杰尔第一次把她带回家的时候，爸妈完全没透露一点儿风声。开饭前半个小时，这个女孩突然坐到了我们中间：靓丽的裙子，手提包，精心打理过的头发，上了眼妆，涂着口红。事实上，看起来就像一个真正的女人。她居然跟我哥哥在一起了！乳房呢，乳房在哪儿？我悄悄惊恐地自问。好吧，穿着这身裙子自然是看不见的。不过，一个女孩！我的眼珠瞪得就像女孩丰满的双胸。我知道奈杰尔肯定看到我脸上这副惊愕的表情了。

"金尼，这是我爸爸。"（妈妈正在厨房里忙着张罗一顿"家常便饭"。）"这是我妹妹玛丽。这是我们家的狗，这是电视，这是壁炉。"（他转向我正坐着的椅子。）"这是给你准备的椅子。"

我又羞又气地站起身，尽量微笑着。

"哦，抱歉，小鬼，我没看到你！这位是克里斯托弗，克里斯托弗·波德莱尔，我们家的养子。他见到女孩也不会主动站起来。不过也许是因为他正沉浸在他的忧郁中。"

我伸出一只手，试图挽回失掉的阵地。

"你刚刚叫你这位小美人什么来着？"我问道，但是不知怎的，这话一出口，听上去一点儿不诙谐幽默，反显得我愚蠢又没教养。

"对你来说，大概是让娜·杜瓦尔[1]吧。"哥哥答道，虽然爸爸正用眼神警告他，"还有，克里斯，下一次，等别人要和你握手时，你再伸手，好吗？"

为了表示愤怒，我又坐回到我的椅子上。奈杰尔带着女孩坐到了沙发上。之后，他们一起喝起了雪利酒。我盯着那女孩的大腿看，但挑不出什么毛病。其实问题在于我也不知道自己想找什么。她的长筒丝袜看起来没什么地方破了，接缝也很笔直。而且尽管因为坐在我家低矮的沙发上，她的身体不得不往后倾，我也没能瞥见她长筒丝袜的末端。

我整整一晚上都觉得金尼讨厌（首先，她的名字好蠢）。我讨厌她在我哥哥身上下的功夫（比如帮助他变成熟）；讨厌她将来会插手我和哥哥的关系（比如叫停那仅仅几个我们还在玩的孩子气的游戏）；而最重要的是，我讨厌她本身，一个女孩，一个构造和我完全不同的存在。

那天晚上发生了各种令我蒙羞的事，桩桩件件都在提醒我，我还是个孩子。晚餐时他们不让我喝酒（当然，我也不喜欢喝酒，但这不是关键）；并且，我玻璃杯中满满的橙汁，更强烈地凸显了这种讽刺的意味。起初，我还打算忽略这种情绪，但随着晚餐的进行，我发现在各种色彩的对比下，这橙色蕴含的轻蔑与嘲笑变得越发醒目。特别在最后，当妈妈端上一盘橙色的布丁时，它们就像一块醒目的灯牌，扎眼地闪着"不成熟"几个大字。我一口把布丁吞个精光。我试图强化我和哥哥同为青少年的纽带，但这番努力全都没

1　让娜·杜瓦尔（1820—1862），法国女演员、舞者，波德莱尔的"缪斯"女神。

得到回应：我聊对假期的向往，讲段子，哦，天哪，甚至讲科幻小说，统统被他无视掉了。而这一切的高潮发生在我转过头，对奈杰尔说："你还记得我们……"

没等我说完，他就极度厌倦地打断我道："恐怕不记得了，孩子。"

那个女孩，那个金尼听了后，在一旁傻笑起来。哦，天哪！她真让人讨厌！剩下的整个夜晚，我几乎没怎么看她，也几乎没听见她说的话。即便这样，我就是非常讨厌她！她时而傻笑，时而噘嘴，还为了迎合讨好我爸妈，在饭桌上，假装吃得津津有味。后来我和托尼提到她，我们俩都觉得她很矫揉造作。

"昨天晚上我哥把他的新小妞带到了家里。"第二天上午课间喝牛奶的时候，我以那种美食家惯有的、漫不经心点评食物的口吻对托尼说（你永远不会知道也许什么人正盯着你）。他眉头紧蹙，眨了眨眼睛。接下去，是 SST 测试[1]时间。

"灵魂？"

"没有，完全感受不到。非要我说的话，比大多数人都稀薄，就像一股不动的浅流。"

"苦难？"

"哦，她爸爸过世了。这个是我想方设法从她嘴里套出来的。可是当我问她，他是不是自杀的时候，所有人都假装像是受了极大的冒犯，让我闭嘴。她像个放荡的妓女似的，在我妈妈面前一个劲

---

1 克里斯托弗和托尼自创的一种测试手法，通过衡量一个女孩的灵魂（soul）、承受的苦难（suffer）和胸部（tits）来判断她的品质。

儿地献媚，这可能是因为小时候常被亲妈揍吧。"

"嗯，不过也许这只是因为她想和你哥增进感情呢？"

"那么她也许做到了。"

"怎么做到的？"

"和我哥形影不离。"

"你觉得他有在试探她吗？"

"在沙发上的时候，她就坐在他旁边。"

"他们碰彼此的衣领、头发了吗？或者眉来眼去了吗？"

"都没有。很遗憾，昨天我们都没开电视。当时我想放《富国银行》来着，但是没人感兴趣。"

托尼和我发现了一项绝对可靠的电视测试：没有人在看到接吻画面时——特别是那种绵长热烈的接吻时——能表现得无动于衷。当然，你不能明目张胆地观测，你可以坐到离电视机很近的地方，盯着屏幕上反射出的人影看，通常能观察出他们的反应：我哥跷起了二郎腿，我妈妈突然执念地数起她正编织着的毛衣的针脚。如果你想观察得更细致一些，就得靠些危险的小伎俩。比如突然蹦起来去倒一杯橙汁，或者从他们眼前跑过，取一份《广播时报》。然后，快速回头，没准能捕捉到深深的怀念（爸爸），尴尬与羞耻（妈妈），对吻技兴趣盎然（奈杰尔）与一头雾水（玛丽）。至于客人们的反应同样能一览无余，尽管出于礼貌，他们会相对克制。

"胸呢？"

终于到了"三步法"的最后一步。在这一环节，我们会调动自己最世俗的洞察力。

"什么也没看到。也许——（我已经很宽容了）——就是两团赘肉。"

　　"噢。"托尼舒展了眉头，满意地放松下来。毕竟他什么也没有错过。

12　从下面放倒他

托尼和我一起度过了许多无聊的时光。当然，我们并不是觉得对方无聊。我们当时正处于那个无法复制的年纪，会认为朋友可恨、气人、不忠诚、蠢透了，甚至卑鄙无耻，但从不会觉得他们无聊。大人才无聊呢，他们理性又克制，在你以为自己该被严厉惩罚的时候，他们却总轻描淡写地一笔带过。大人们都很有用，因为他们很无聊：他们都从事着一份特定的职业，对事情的看法总老套又乏味，虽然有的人愚蠢温和，有的人凶狠恶毒，但总的来说，他们全都很刻板无趣。他们会让你提前相信，人的性格真的是铁板一块的。

"今天我们当谁呢？"托尼和我有时会这么问对方。这是对成年状态的直白否定。成年人永远都是他们自己。而我们，按大众的标准来看，还没有长大，还没有定型。谁也不知道我们将来会成为怎样的人。但我们至少可以为自身的未来做一些尝试。

"你打算怎样塑造自己呢？"

"像果冻那样？"[1]

"像灯那样？"[2]

"像桑赫斯特[3]的候补军官那样？"[4]

我们还没有最终定型。千变万化就是现在唯一的稳固不变，一切无可非议，一切皆有可能。

"今天我们当谁呢？"

"菲尔斯特队的球迷怎么样？"

这个主意很吸引人。我们总在发掘自身性格中的未知领域，总是乐此不疲地去尝试新鲜的东西。校长老是要男孩们牺牲宝贵的星期六下午，去给菲尔斯特队擂鼓助威。特别是队伍客场比赛的时候，顶着对手家七八个家长扯着嗓门儿大喊"加油"的压力，再加上一段前往陌生地方的让人晕头转向的火车旅行，这让我们本来就不自信的队伍更备受打击。每逢这种时候，托尼和我就会到莫切特泰勒男校去看校队的比赛。从伊斯特威克骑车过去只要十分钟。

"我们怎么扮球迷？"我问，"就那么大呼小叫，还是搞点儿事？"

"我们不能太过分，免得泰尔夫特去打小报告。"

"确实。"

1　问句中表示"塑造"意思的"turn out"，在英语中可以和"果冻"（jelly）搭配，表示"用模具做果冻"。

2　问句中表示"塑造"意思的"turn out"，在英语中还有"关闭"的意思，和"灯"（light）连用，即"关灯"的意思。

3　指桑赫斯特皇家军事学院，是英国培养初级军官的老牌重点院校。

4　问句中表示"塑造"意思的"turn out"，在英语中和"士兵"（soldier）连用，表示"列队行进，接受检阅"。

"不过也不能只乖乖地加油。"

"肯定。"

泰尔夫特就是那个经营菲尔斯特队的家伙，他是个穿着橡胶雨衣的暴君。去客场比赛的时候，他总开着自己那辆时尚辛格。开赛后，他会一直站在对面边线上发疯似的大喊："注意脚！小伙子们，注意——脚！"洪亮的声音能穿过整片结霜的赛场。

"必须离泰尔夫特站的地方远点儿。"

"对，我觉得我们一开始最好先表现得正常点儿，满腔热情，挥舞着领巾，球员一触地，就激动得上蹿下跳，大声喊出比分，以免他们忘了。然后，当他们开始丢分时，我们还那样大呼小叫的，渐渐地也就变成了嘲讽和起哄。只要别被泰尔夫特抓住就行。"

这个计划听起来简单又可行。于是我们跑到观众少的一侧，当校队漏接了球、扑搂[1]失利、丢球、越位、传球出线或者对阵争球推错方向时，我们就站在边线外喊叫欢呼。

"真倒霉，校队！"

"坚持住，校队！"

"从下面放倒他，嗨，从下面放倒他！"

"进攻！校队，进攻！上，上。小心脚，小心脚！噢，太霉了，校队。现在是扳回一分的好机会！"

"只差三十分了，校队。下半场扭转劣势！"

"扑上去，扑上去，和球同归于尽！"

最后这一句是我们能喊出的最刻薄的话。每当球脱离控制时，

---

1 扑搂：英式橄榄球术语，选手可以此动作摔倒对方，抢球得手。

那个有点儿犹豫的内侧中锋都会假装在等球停止跳动，实际上是在偷偷警惕那群正朝他冲过去的对手家的前锋。这时候，我们就会不受拘束地大喊起来。如果他没朝球扑过去，那他显然是个胆小鬼。如果他捡起球，在对方球员还没有完全放倒他之前，把球踢出了界，那他显然还是个胆小鬼。而如果他用校级橄榄球比赛中最标准的抢球方式，猛扑过去，那么他可能会受伤。因此，对他而言，最好的办法是提前朝球扑过去，躺在地上，让对手踩，直到因为没能落地传球，而被判犯规。

随着比赛的进行，顺风让校队频频传球失利，对手在下半场轻而易举地扩大了领先优势。我和托尼寻思，挺遗憾的，校队那几个球员，没谁像加缪或者亨利·德那样强悍。我渐渐发现，我们的队员开始把球往对面的边界踢。踢球，哪怕从我们边的球场踢，也很难得分。传球也一样。有一次，就在离我们站的地方不远处，发生了一起盲侧争抢，这是一次千载难逢的好机会。可校队的争球前锋（N.T.费希尔——不是个有体育精神的家伙），却放弃了跑动传球，在几英尺开外，一脚把球朝我和托尼踢来。那球以毁天灭地之势从我们俩中间飞过去，足足飞了三十多码才落地。托尼和我没有跑去捡球，而是站在离那个怒气冲冲的界外球五码远的地方，大呼小叫地给他们提建议：

"快去捡球，校队！"

"现在就别指望靠踢球得分了！"

"留给你们的时间不多了！"

"再组织一次进攻，马上就八十分钟了，校队！"

"快跳！"

"真霉啊，校队！现在该猛一点儿，狠一点儿！"

"是你们大显身手的时候了！"

"从下面放倒他，从下面放倒他！"

"扑上去，扑上去，和球同归于尽！"

还有五分钟的时候，我们明智地考虑到这场比赛最精彩的部分大概已经演完，于是最后喊了几声"加油，校队，加油！"后，便赶快溜了。至少两天后，我们才会再见到那帮家伙。

骑车回家的路上，天色迅速暗了下来。浓雾在月桂树篱上弥漫开。里克曼斯沃斯大街上，每三盏路灯中，只有一盏亮着，灯光摇曳，照着路面。我们每驶进一片橙色的灯光中，都尽量不看对方，光是看到自己握着把手的指头被染成棕色，已经够让人郁闷了。

"你觉得，"托尼若有所思地说，"我们这算一次挑衅吗？"

"当然了，他们都是该死的资产阶级，这是肯定的！你觉得他们知道我们是在耍他们吗？"

"也许知道。"

"我也觉得。"我总是倾向认为我们出尽了风头。托尼则相反，总对我们的成功充满质疑。

"不过，也许是我想太多了，我觉得他们很久后才会明白我们想告诉他们的比赛精神。"

"即使他们没明白，我们做的一切就不算挑衅了吗？"

"我不知道。"

"好吧，我也不知道。"

我们继续骑着车往前走。现在三盏路灯中，亮了两盏，投下虚假的光。

"他们长大会变成什么？"

"那些可怜的混蛋，我想银行经理什么的吧。"

"他们不可能都是银行经理。"

"我不太清楚。但话说回来，没什么是不可能的。"

"对，没错！"托尼突然激动起来，"嘿，想一想，如果全校，除了咱俩，全成了银行家，是不是很棒？"

那真是棒极了，完美极了。

"那咱俩呢？"对于未来的事，我总是很看重托尼的想法。

"我预见我们俩啊，会成为天体营的'常驻艺术家'！"

同样，棒极了，完美极了。

我们骑车回到了伊斯特威克。眼前还有许多问题需要讨论。蒙住眼睛，开始感受（"清澈的水，汉普顿宫的迷宫？想摇晃肩膀，很亢奋，就像刚输完血。明兴格尔[1]指挥的斯图加特室内乐团"）巴赫。

1　卡尔·明兴格尔（1915—1990），德国指挥家，二战时被囚禁，战后获释，成立了斯图加特室内乐团，以忠实演绎巴赫为主的巴洛克时期作曲家的作品著称。

13　客体关系 [1]

事物。

青春期会勾起你怎样栩栩如生的回忆？关于它，你最先想起的会是什么？父母的品格，一个女孩，第一次心动，在学校里某次光彩或失败的经历，某些至今没承认过的丢脸之事，幸福与不幸，又或许一个预示了你后来成了什么样人的微小举动。而我会想起各种事物。

当我回首往事，总是想起当时自己在一天结束时坐在床上，困得不想看书，又清醒得不愿关灯，独自面对着漫漫黑夜里张牙舞爪的恐惧。

我卧室的墙壁是烟灰色的，很符合当地人的世界观。房间左边立着书柜，里面每一本平装书都整洁地用透明的法布伦 [2] 包了起来

1　客体关系理论是种精神分析理论，强调环境与人际关系在一个人精神发展过程中的影响作用。

2　法布伦：背面带有自粘胶的塑料薄膜，常用于覆盖或者装饰搁板和工作台。

（兰波和波德莱尔的作品触手可及）。我在每本书封面内侧的上方写了自己的名字，并将法布伦叠进去半英寸宽，正好把用大写字母一笔一画写下的"克里斯托弗·劳埃德"（CHRISTOPHER LLOYD）盖住。这么做，既是为了防止字被抹花——从理论上讲——也是怕书被人偷走。

书柜旁边是梳妆台，上面铺了一块钩针编织的垫子。垫子上放着两把发刷，缠满头发，我已经改用新梳子不用它们了。此外，还放着第二天早上要穿的干净短袜和白衬衫。还有一个蓝色的塑料骑士，那是我用奈杰尔圣诞节送我的模型工具组做的，颜色才上到一半。最后，梳妆台上还放着一个音乐盒，我经常摆弄它，虽然并不喜欢它放出的单调乏味的瑞士音乐，但很喜欢听它快没电时发出的那种断断续续、萎靡不振的声音，喜欢看带刺的滚筒挣扎地带动着金属手指颤巍巍弹奏的样子。

房间里的一面灰墙上贴着一张"最灰白版的"莫奈的《鲁昂大教堂》，它的边角已经翘起来了。靠着这面墙还放着我的丹赛特电唱机，旁边搁着几张我们测试用的唱片。

我右手边是衣柜，可以上锁，但我从来没有锁过。衣柜底部放着一沓整齐的纸、节日帽、抽了气的沙滩排球、可以扔掉的牛仔裤和几个二手档案盒。所有这些乱七八糟堆在一起的东西，刚好挡住了几件于我而言非常珍贵并且不愿被人发现之物：一本《起床号》，一两封托尼写的信。另外，衣柜里还挂着我的两套校服，我最好的灰裤子，第二好的灰裤子，第三好的灰裤子，以及我的板球裤。当我关上衣柜门时，六七个金属衣架发出丁零哐当的声音，让我想起了那些我尚未拥有的衣服。这房间里摆满了我尚未拥有的东西。

衣柜旁有一把椅子，椅背上搭着我白天穿过的衣服。椅子边有一个旅行箱，我经常在心里给它贴上各种标签。这些标签暗示着数代人曾经历的旅程。它们有的脏兮兮的，有的被撕破了。它们都好像在催促着你上路，唱着：挥动手帕告别吧 [1]。我能离开，我会离开。而现下，箱子上还没有任何标签。不过它在喊着：会有的，会有的。总有一天，我会亲手把真正的标签贴上去。一切都会有的。

最后，在床头柜上，放着我拥有的唯一一件来自外国的东西，一盏床头灯。这盏灯的造型很古怪，像一个外面缠着塑料藤条的大肚子酒瓶。它是一个爱到处跑的表亲从葡萄牙某个度假胜地带回来的。本来准备给玛丽，后来给了我。为此玛丽难过了好几天。床头柜上还有我的手表，我对它很不满，因为它没有秒针。还有一本包着法布伦的书。

房中之物承载着我所有的感受与期待，在这些东西里，只有部分是能由我自己的意志做主的。它们中一些是我自己选的，一些是别人为我选的，而这当中有些是我乐于接受的。这么说，你是不是觉得很怪？可是，在那个年纪，你不就是这样一个角色吗？你的人格，一部分是由自己主动塑造的，一部分是自己认同的，还有一部分是由别人替你选择的。

1　原文为法语。

Part II

第二部　巴黎（1968 年）

我了解诗人兰波，

我知道他并不在乎

Ａ 代表的是红色还是绿色，

他自有他看待事物的方式。

——魏尔伦[1] 致皮埃尔·路易[2]

1　保尔·魏尔伦（1844—1896），法国象征派诗人。与马拉美、兰波并称象征派诗人的"三
　　驾马车"。

2　皮埃尔·路易（1870—1925），法国 19 世纪末 20 世纪初象征主义唯美派作家。集小说
　　家、诗人、编辑、藏书家于一身。

"这么说，你在巴黎住过一段时间？"

"是的。"

"是在什么时候？"

事实上，我从不撒谎。尽管有一段时间，被别人追问时，我总会设法含糊过去。比方说，我从不会主动提及五月，顶多会说，初夏吧。

"十九岁那会儿……"（皱着眉头，装出想不起来的模样。嘴开开合合，就像鱼在努力浮上水面喘息。）"……应该是 1968 年。"

其实，到底是哪年并不太重要。渐渐地，我也不再觉得淡化日期能算欺骗。"哦，六十年代末。1967 年，1968 年，或者稍后几年。"不过，有几年，我总是尽量躲避，不愿意作出这样那样的回答。

"哦，什么，竟然是那会儿吗……"我父母的朋友们会这么开口，面色惨然地望着我，让我心里有一种沉甸甸的感觉。

"你有没有看到任何……"他们总是这样打断我，好像我们在谈论某部一起看过的电影，或者某个共同的朋友。

还有第三种追问方式，这是我最不会应付的一种。

"噢，"（挪一挪屁股，敲一下烟斗，或者做出其他任何想长聊的社交姿势。）"这件事嘛……"[1] 如果他们说的是一个问句，我还稍微感觉好些，可他们偏偏总喜欢用一个陈述句开头。然后是一阵出于礼貌的沉默。只有——比方说——一件完好的皮夹克蹭出的窸窸窣窣的动静。这时候，如果我没能说点儿什么（他们会不无善意地认为我正承受着弹震症[2]之苦），就会有一大堆引导性的话题等着我：

"那个时候我认识一个家伙……"或者……

"有一点，我到现在也不清楚……"或者……

"没错……"

问题在于，那整个五月，我都在那儿。从火烧证券交易所到占领奥德翁剧院，再到布洛涅–比扬古[3]大罢工，乃至谣传德国坦克咆哮入城的晚上，我都在巴黎，但事实上我又真的什么都没看见。老实说，我不记得那时在空中见过一寸硝烟。他们把海报贴在哪儿了？反正不是我住的地方。我也记不起当时报纸的头条是什么了。我想，报纸还在照常出版，如果停刊的话，我会有印象。当年路易十六（请原谅我在这里作这种比较）在巴士底狱被攻占的当天，曾出城打猎，晚上他回宫后，在日记里写下了：无事发生[4]。而那段时间，我回到巴黎的住所，连续几个星期日记里写下的都是"安妮克"。当然本

1　原文为法语。

2　弹震症：经历过战争的群体可能患上的一种精神疾病，也是创伤后应激障碍的一种。

3　布洛涅 – 比扬古是法国巴黎西部郊区的一个市镇，当时法国雷诺汽车公司的总部设于此，而雷诺公司又是那会儿法国的核心企业。1968 年 5 月 16 日，布洛涅 – 比扬古总部发生了大罢工，对五月运动影响巨大。

4　原文为法语。

子里不止有她的名字，还有围绕着她的名字前后大段大段我抒发内心喜悦的描述，满纸都是令人啼笑皆非的洋洋自得与无病呻吟。但在那本措辞热烈的日记里，还有什么地方记下了我对那场"激烈斗争"的简短评述或者浅陋的政治反思吗？我虽然没保存下那个本子，却很难相信里面会有这些内容。

最近，托尼给我看了一封我当时从巴黎写给他的信。信里少见地谈到我对那场危机的看法。我似乎是这样描述那场麻烦的：这全怪学生们太蠢了，上课听不懂，精神备受打击，学校里又没什么运动器材能让他们发泄，所以他们就只好专门去跟防暴警察对着干了。"你也许已经看到过一幅构图相当不错的照片，"我写道，"一群警察追赶着一个学生，一直把他追得掉进了河里。照片里那个学生转身时恰好对上了镜头。真是一个拉蒂格[1]的场景。他至少锻炼了下身体。健康的身体孕育出健康的思想。[2]"

时至今日，当托尼认为我自大时，还会引用那封信里的"名言警句"来讥讽我。而这种时候还挺多。众所周知，那个照片里的学生最后溺亡了——至少，很多人这样说——不过即使那是真的，我当时并不知情，不是吗？当然，这已经足够让托尼对我在巴黎的整段经历颇有微词。

"太他妈典型了！人这一生，只有很小的概率能够在正确的时间出现在正确的地点，可我要问，你当时在哪儿？躲在阁楼上跟一

---

1 雅克·亨利·拉蒂格（1894—1986），法国著名画家、摄影家，其照片以捕捉动态影像而著称。

2 原文为法语。

个小妞鬼混。这几乎让我相信宇宙的法则了，真是太恰如其分。我猜你在十四岁到十八岁的青春躁动期，都在自个儿修自行车吧？苏伊士运河危机[1]期间在准备升学考试吧？（或多或少，确实是这样。）那特洛伊之战时呢？"

"在上厕所吧！"

1　即第二次中东战争，发生在 1956 年 10 月 29 日至 11 月 7 日期间，为争夺苏伊士运河的控制权，英法联合以色列对埃及发动了战争。

1　卡里扎 [1]

二十一岁的时候，我常说自己相信幸福总是姗姗来迟的。结果，老被人误解。但我说的"来迟"就是"来迟"的本义，并非这个词常被引申出的"抵触""抑制""抛弃"等任何其他意思。我现在越来越不太确定，但还是相信，每个人在开启一段特别的体验之前，都会先经历一段相对平稳、微妙的过渡时期。这不是什么约定俗成的东西，只是比较合理。今天有多少二十一岁的年轻人对感情心灰意懒？或者更糟的是，他们中有多少人认为对爱心灰意懒会让自己显得很时髦？这难道不是另一种意义上的极端虚无，甚至可笑吗？人的经历不正是基于对比才存在的吗？

铺垫这么多，而我真正想说的是，我在去巴黎之时，虽然已经接受了近二十年的教育，还如饥似渴地阅读了大量描写情爱的文学

1　即有保留地做爱。

作品——拉辛、马里沃[1]、拉克洛[2]都是我的人生导师，但我仍旧是个处男。不过先别着急下结论（在世俗立场背后其实隐藏着清教立场，恐惧性却假装是自我克制，在心里暗暗嫉妒着如今的年轻人），因为那些东西我都知道。而现在青春期的男孩们，身体还没完全成熟就忙不迭地上阵演练的情况，并没有打击到我，或者说没有太打击到我。

"也许你就是单纯地不喜欢性呢？"在我们谈论"人类的共同追求"时，托尼对我小声耳语道，在他看来，这是"伟大传统"[3]的一部分。"年轻人，现在是重新认识自己的时候了。"他用命令的口吻对我说。

"我知道我喜欢性——这就是为什么我能拒绝它。"我喜欢这个论断。

"你这么说不能证明你喜欢性，只能表示你认为自己会喜欢性。"

"好吧。"如果他非要这么说，就由他去吧。"不管怎么说，德鲁热蒙[4]说过，'激情在压抑中旺盛滋长'。"

"但并不意味着你要自己制造困难呀。身体力行吧，艺术家。为什么不去亲身尝试一下呢？尝尝它究竟是什么滋味儿。我的意思

---

1 皮耶·德·马里沃（1688—1763），法国剧作家、小说家，尤以喜剧著称，代表作有《爱情偶遇游戏》和《玛丽安娜的生活》。

2 肖德洛·德·拉克洛（1741—1803），法国作家、军官，以其书信体小说《危险关系》闻名。

3 此处当指批评家 F. R. 利维斯在著作《伟大的传统》中梳理和阐明的由英国重要作家作品构成的创造、人性和文学的传统。

4 丹尼斯·德鲁热蒙（1906—1985），瑞士作家和文化批评家，用法语写作。

是，天哪，我想体认每一个人。"托尼吐出一串带着卷舌、鼻音很重的句子。"我甚至想不出有哪个女人是我不想操的。你想想，克里斯，那些小猫咪，想想它们湿漉漉的毛。唉，你不是个真正的反抗者。没错，你从不像我一样有那么强烈的冲动。"（托尼确实看起来比我成熟一些，在那方面也更贪婪。）"而我认为大多数女人，如果有机会，她们也会热烈地向你投怀送抱。我是说，排除那些过了七十岁的女人，不，过了五十岁的，还有十五岁以下的小女孩，修女，那些虔诚的疯女人，大多数新娘——不是全部——几百万或许你永远不会去碰的营养不良的女人，你的妈妈，你的妹妹，还有那些你只要稍微考虑一下，就不会心生邪念的人，你的奶奶，再加上朱恩·里奇，或者那会儿恰巧在来往的什么人。还剩多少人呢？也许还有几千万女人并不反感和你交往。法国人、意大利人、瑞典人。"（他扬了扬眉毛。）"美国人、波斯人……？"（他把头偏向一边。）"日本人——那神秘莫测的尤尼[1]？马来西亚人，克里奥尔人？因纽特人？缅甸人？"（他不耐烦地耸了耸肩。）"印第安人？拉脱维亚人？爱尔兰人？"（然后，没好气地说，）"祖鲁人？"他停顿了一下，就好像一个店主一口气说出了他店里所有最好的东西，并且很清楚，你听过后，一定能找到自己想要的。

"我从没想过你会对着地图册自慰。"

"我可是看着《国家地理》长大的！"

"好吧，谁不是呢？"

"可是现在你已经有条件干了，不是吗？"（托尼就像一个负责

1　印度教信仰中象征女阴、承载生殖崇拜的圣物。

任的航空管制员般，总是在密切监视着我与那些被他称之为"差点就到手了的姑娘"的交往情况。）"不是有个小护士对你说，等你病好了，下次就给你巧克力吃？"

"是的。"

"还有那个女孩，她不是犹太人，也不是天主教徒，还出演过限制级电影？"

"没错。"

"还有圣诞节跟你值班的那个女人。"

"我要是跟她乱来，就没奖金了。"

"没错，小子，你就该去干，去它的奖金。还有，鲁斯蒂，那个，鲁斯蒂……"

那姑娘本名叫"珍妮特"，"鲁斯蒂"是托尼给她起的一个恶趣味的绰号，我猜这大概是由于他对美国式性爱的向往。但是表面上他宣称，这么干是担心如果我最终不扑倒她（他确实能说出这样的话来，我则做不到），她或许会一点点锈掉 [1]。

毕业后的头几个月，我总是和鲁斯蒂待在一起。她是我们当地一个律师的女儿，而且通过了我们的 SST 测试认证。（不过对她来说，也许 TSS 更恰切。她的乳房 [tits] 很大，这让她很苦恼。托尼用他那莫名其妙、自圆其说的逻辑推理道：她苦恼是因为她的乳房比她妈妈的还大，为此，她爸妈肯定让她日子不好过，所以她很痛苦 [suffer]。而如果你感到很痛苦，就不可能没有灵魂 [soul]。所以

1　此处原文为"rust up"。而"鲁斯蒂"的英文即"Rusty"，首字母小写时意思和"rust up"相同，都为"生锈"。此处"锈掉"暗指珍妮特将会崩溃。

对她来说是 TSS。）我和珍妮特常一起无所事事地躺着晒太阳，这是我当年最喜欢做的事。（虽然我很确定自己骨子里是个都市人。我冷漠的灵魂需要关门闭户，躲在室内，就像一株大黄住在倒扣的烟囱帽里才生长得最好。）我们一起散步，嘲笑那些打高尔夫球的人；一起学抽烟，一起畅想未来。我告诉她我是"愤怒的一代"的一员。她问我，这是不是意味着我将来不准备工作，我说我还不知道——你永远也没法预知"愤怒"最终会以什么样的形式爆发。她说她理解。

珍妮特（鲁斯蒂）是第一个和我长吻的女孩，是第一个让我知道，原来持续热吻时，你只能用鼻子呼吸的女孩。这感觉起初有点儿像去看牙医，你会一直祈祷在手术结束、你从椅子上起身之前，气管千万别被唾沫堵住。不过渐渐地，我又找回了自信，长吻变得好像是我们正在一起浮潜似的。

我总是和珍妮特这样"浮潜"，她几乎就是我生命中"爱"的部分。

"她几乎就是我生命中'爱'的部分。"

"你说过。"

"现在听起来依然不错吗？"

"嗯，还行吧，对一个缺乏激情的人，不能要求过高。总之，我认为这话说得没错。所以你为什么一次门都没射呢？"

"为什么你的比喻总是些体育术语？什么得分啦，射门啦，投掷啦，还有本垒打，为什么你把这种事说得跟比赛似的呢？"

"因为它本来就是……比赛啊。你一不留神，就会被降级。鲁斯蒂，我是说，鲁斯蒂……"他表情激动地不断挥着手，跟一个化着黑脸妆的滑稽演员似的。

"你喜欢她吗？"

"喜欢她？要不是为了你，我早就……"

"……进了五个球，三次擦边，两次击倒，八次本垒打，并且打破马拉松纪录了。只要你肯干。"

"撑竿跳。"

"掷标枪。"

"推铅球。"他手心朝上，假装托着两团丰满的乳房。

"起跳，跨步，出击。"

"为什么不呢，克里斯？"

"你能做到，并不代表你就必须去做。"

"如果你能做到，也想做，你就应该去做。"

"如果你只是因为应该做而去做，那你并不是真的想做。"

"如果你能做到，又想做，却不去做，只能说明你是个怪胎。"

"我爱的是鲁斯蒂身体里那个人，是她的灵魂。"

珍妮特（鲁斯蒂）和我，很少会赤身相对。一部分原因是没有机会——我总是这样极力说服自己——那些聪明人和被欲望折腾得疲惫不堪的人总会找一片湿乎乎的林中草丛，一排身子老会往下滑的汽车后座，或者一个不时会被汽车灯光照亮的、让人提心吊胆的商店门廊。并且我觉得，我们还没那么想做，我和她那点儿聪明才智也就只限于让父母认为我们并不在乎他们在不在家，这样，他们就会留给我们更多的独处时间。

不过有时候，我们会半闹着玩似的探索对方的身体。我们向对方暴露出身体的一小部分：浅浅的乳沟、腹部中的一线、一只肩膀、一条大腿。有少数几次，我们脱得精光，但过后却有种失落感。而且，我意识到，这种挫败的心情并不是因为我们没做爱。那是一种更莫可名状的感觉——是某种因成功达成目标而升起的不满足感，而不是失败后的失落。我纳闷，努力奋斗的快乐是不是一定没法和达成目标、获得胜利或高潮时的快乐相比？或许，性爱最完满的时刻将被证明是处于卡里扎的阶段？我过去常常站在童贞的避难所对托尼说：就是这个充满竞争和游戏性的社会，总在促使我们熙熙攘攘地争抢欲望的甘露。

2　来点儿果仁！

直到如今，我依然不清楚那时发生的一切对我到底有多大的影响。

巴黎。1968 年。安妮克 (Annick)。一个多么可爱的布列塔尼女人的名字，不是吗？它的后缀"ick"中有一个需长读的"i"，可以和"pique"（愤怒）押韵，尽管不是很合适——至少刚开始的时候会觉得不合适。

那时，因为我在着手写的论文中，有些内容需要到巴黎深入调查，所以我申请到一笔资助，得以成行，浑身上下涌动着身为研究生的优越感。那会儿，我的朋友们也在各自游荡——有建设性的或没有建设性的，当他们很热切地钻研着某个问题，想要彻底弄明白时，有时就必须去收藏着相关文献的城市，而这些城市，大多是欧洲某个国家的首都。我研究的课题是"1789—1850 年间英式表演在巴黎剧院中的影响及其重要性"。你在论文标题中，最好至少放一个关键的时间点（1789 年，1848 年，1914 年），这样一来，文章的脉络会看起来更清晰，也迎合了人们的普遍看法：战争爆发是一切变化的缘由。事实上，我很快发现，战争的确让一切都变了：1789 年之后的一段时期，英式表演在巴黎剧院中几乎没有任何影响力。原因很简单，大革命期间，没哪个脑子正常的英国演员会冒着掉脑袋的危险去巴黎演出。我早该意识到这一点的。但老实说，我想出这个题目的时候，对于英国表演艺术与法国的联系仅限于知道在 1827 年柏辽兹[1]爱上了哈丽艾特·史密森[2]。当然，正如各种资料所表明的，哈丽艾特无疑是爱尔兰人。但我只申请了能在巴黎待六个月的资助，那些管财务的家伙也不像是那么心思缜密的人。

在我动身去法国之前，托尼对我说："康康舞，裙摆的沙沙声，白葡萄酒，法国女士内裤。"他为了去英国化，打算去摩洛哥，最近一直在靠他那台根德牌收音机，学习发出各种让自己苦不堪言的嘶嘶音和噜噜音。

"大麻，哈希什，《阿拉伯的劳伦斯》[3]，约会。"我回托尼道，尽管觉得这回复不够犀利。

但巴黎的实际情况却并非那样。1968 年以前，我已经去过巴黎很多次，并且没有怀揣着任何托尼寄予我的热切天真的期待。我在青春期的最后阶段，已经干过不少巴黎人干的事：读奥林匹亚出

1　艾克托尔·路易·柏辽兹（1803—1869），法国作曲家，浪漫主义乐派的主要代表人物。

2　哈丽艾特·史密森（1800—1854），出生于爱尔兰，著名莎剧演员。柏辽兹在巴黎的奥德翁剧院看她饰演的朱丽叶和奥菲利娅而对她一见钟情，并展开热烈追求。后史密森被柏辽兹为她创作的《幻想交响曲》打动，二人结为连理。

3　英国导演大卫·里恩执导电影，1962 年上映，获多项奥斯卡金像奖。故事表现了一战期间骁勇善战的英国军官劳伦斯为阿拉伯独立进行的抗争与他自我身份认同的迷茫。

版社 [1] 的绿皮平装本小说，坐在街边咖啡馆里目光百无聊赖地打量街道，把皮革丁字裤和蛋蛋塞到蒙帕尔纳斯的一个模拟潜水设备里。作为一名学生，我把这座城市当作一部历史书来读。我去探访了著名的拉雪兹神父公墓 [2]，为一些意外收获而欢呼雀跃。在当费尔·罗什罗的地下墓穴，走在骷髅满布的地窖里，看着那些被迁移过来，按照骨头类别高高堆起的骸骨，不见一具完整的尸骸时，你会不禁把大革命后的历史和个人命运的灰霾联系到一起。你手里端着蜡烛，但在摇曳的烛光还没有完全驱散黑暗之前，一堆堆摆放整齐的大腿骨和头盖骨已赫然闯入目前。在这种时候，我甚至不再想嘲笑我那些老是懒洋洋地坐在巴黎北站附近的咖啡馆里，伸着手指比画着，告诉服务员要几杯绿茴香酒的同胞们。

我选择巴黎，一大缘故是我熟悉这里，只要我愿意，就能独自在这儿居住。我了解这座城市，会说它的语言，不会因它的食物和天气而苦恼。它太大了，在这里的"英国流亡者们"很难形成一个固定的宜居聚落。在这里，不再有什么东西阻止我去关注自己。

我从一个朋友的朋友处，借到一套坐落在肖蒙山丘公园（在咣咣当当的 7 号地铁线上：玻利瓦尔站，肖蒙山丘公园站，波茨扎瑞斯站）附近的公寓。这套公寓的通风很好，有一间略显破败的兼作卧室和工作室的房间，地板老发出嘎吱嘎吱的响声，墙角摆着一台水果老虎机，我从里面清理出几枚旧法郎，放在了一个搁板上。在

1　一家法国出版社，以出版丰富多样的外国小说和先锋派文学著称，纳博科夫的《洛丽塔》首次出版便是在奥林匹亚出版社。

2　巴黎的著名公墓，长眠着很多伟大的画家、作家和音乐家，如莫里哀。这里也曾是首个无产阶级政权巴黎公社的重要根据地。

厨房里，有个架子上放着一排家庭自酿的卡法多斯。房东允许我喝，但条件是我每喝掉一瓶得用一瓶威士忌补上空缺（在这事上我亏了不少钱，但也让自己更像当地人了）。

我把随身携带的几件行李安放好后，就去见了看门人休伊特夫人，给了她一点小小的贿赂。她的小屋里到处摆着植物，堆着过期的《法国星期日报》，几只腹泻的猫跑来跑去。（她向我透露了她在温莎刚刚做的新手术[1]。）然后，我去了法国国家图书馆注册（那里离公寓不算近，去一次不方便）。在这些事都终于搞定后，我开始自我陶醉，享受作为一个独立自主的人类而存在的状态。一直以来，小学，中学，家，大学，朋友们，都在以不同的方式向你灌输着一致的价值观、抱负和公认的失败形式。你接受了一些东西，紧接着又否定它们，然后又否定了你否定它们的想法。而这个摇摆往复的过程会让你产生一种自己在进步的错觉。不过，在这里，我最终能想清楚。休息片刻，让自己真正想清楚。

好吧，也许我说得不够直截了当。请过来，坐下，让我们来系统地探讨下你的人生：是否我们最终都要屈从于某些老套的观念？比如我曾激烈蔑视过的公务员思维？所以来到这儿的头几个星期，我在大街上到处闲逛，不带着任何的烦恼和负疚感。我去参观了霍华德·霍克斯[2]的电影展，在巴黎，你总能在什么地方看到这类展览。我故意在一些不太有名的花园和广场上无所事事地坐着，脸上又再

---

1 原文为法语。

2 霍华德·霍克斯（1896—1977），美国著名电影导演、编剧和制片人，1975 年荣获奥斯卡终身成就奖。代表作为《疤脸大盗》。

度浮出那种拿着二等车厢的票坐进头等车厢的自得之笑。我查到几篇有关艾迪生[1]的《卡托》在大革命期间上演的报道（这是马拉[2]最喜欢的剧），又浏览了大量关于"在巴黎成为艺术家"的记述。我在莎士比亚书店消磨时光。读了那本海明威去世后才出版的巴黎回忆录[3]，有传闻说这书是他太太写的。（"毫无疑问，"托尼曾向我打包票说，"这些东西写得真烂，绝对是海明威自己的。"）

我根据"随意性原则"，画了一些精细的写生。这个理论认为任何事物本质上都是有趣的，艺术不应该只聚焦在那些引人注目的事物上（我知道有一些人之前就遵循着这一原则作画）。所以你拿着素描本到处走，但并不在看到那些人们公认有趣的东西时停下脚步，而是每天随机为自己预设一个值得驻足的情境：比如在大街上被人推搡了一下时，或者看见两辆自行车并排骑行时，又或者嗅到咖啡的味道时。你定住，顺着此刻眼前的方向望去，细致观察第一眼看到的东西。从某种意义上讲，这也是对我和托尼那套"有建设性的闲荡"理论的升华。

我还涉猎了一点写作。说"涉猎"，是想指我下笔时希望保持着一种克制的热情。举个例子，记忆测试，描述我每星期要去见一次的宰马的屠夫（总是在——请原谅我的拙劣模仿——每个星期五），但在这之前其实我从来没有仔细观察过他，直到需要认真描述他时，

---

1 约瑟夫·艾迪生（1672—1719），英国政治家、散文家、诗人，著有悲剧《卡托》。

2 让－保尔·马拉（1743—1793），法国政治家、医生，法国大革命时期为民主活动家。参与起义推翻了吉伦特派的统治，建立了雅各宾派的专政。后被刺杀而死。

3 此处指海明威的回忆录《流动的盛宴》，此书以暮年海明威的口吻记录了他在20世纪20年代上半叶，作为驻欧记者旅居巴黎的时光。

才发现自己忽略了太多细节。还有一个练习，坐在敞开的窗户前，简单地记下你看到的景物。然后第二天检查你视觉的选择有没有不同。这之后，受雷蒙·格诺[1]的启发，我还做了一些写作风格的练习，类似活动筋骨。此外，我写了很多信，一部分是寄给父母的，编了些我压根儿就没干过的事；还有一些又长又玩弄词藻的信是写给托尼的，记述了我的真实情况。

那真是一种非常愉快的生活状态。很自然地，托尼（他之前在非洲待了三个星期，现在已经回英国，在工人教育协会[2]当讲师）写信指责我，称这种生活方式在经济上是不现实的。我回信与他争论，说快乐很大程度上正有赖于你生命中那些不现实的部分，存在于凌驾在基本生存资源之上的某一领域（情感上、财务上或专业探索上）。难道我和托尼在学校的时候不都是这样认为的吗？

> 马有马道，
>
> 丈夫虽可仰仗，
>
> 钱财散尽时，
>
> 终以离婚收场。

到巴黎一个月之后，我遇到了安妮克。这是否又平添了几分"不现实感"？让生活更凌驾于基本生存之上？让我更深感幸福？

1　雷蒙·格诺（1903—1976），法国小说家、诗人和剧作家，先锋文学社团"乌力波"（潜在文学工厂）的创始人之一。他曾从巴赫的《赋格的艺术》获得灵感，创作了《风格练习》一书，书中用九十九种不同的叙述方式讲述了同一个故事。

2　英国一个提供社区成人教育的慈善机构。

但真的是这样吗？那句学校里的老谚语是怎么说来着？正正得负？

　　每次回忆起和她的相遇，我都忍不住微笑，那是在我为数不多去拜访法国国家图书馆的一天。那天，我在那儿待了差不多一个小时，浏览一些雨果早期的信件，想看看他创作《克伦威尔》时，对英式表演风格有没有说过什么（他说了等于没说——如果你真想知道的话——只有一两句不无偏见的话）。我被奖学金的事搞得精疲力竭，那天早早结束了工作，准备去黎塞留街[1]的酒吧喝一杯，这个地方总在和图书馆竞争，想把我拉过去。实际上，这也没有什么不合适的：这里的氛围反而让我更强烈地感觉像是待在图书馆里。同样昏昏欲睡、一本正经地专注于眼前的东西；只不过在这儿，安静翻阅报纸的声音取代了翻书声；专业的瞌睡者们，睿智地点着头。除了意式浓缩咖啡机像蒸汽机一样嘶嘶响着，提醒你原来是在酒吧。

　　我的目光四处游移，扫过这令人安心的熟悉场景：墙上挂的玻璃镜框里镶嵌着"禁止在公共场合酗酒"的法律条文；不锈钢吧台；简易菜单，只供应三明治和法式炸肉饼；挂着镜子的墙；藏在门后的残树形状的衣帽钩；摆放在一个高架子上、落满灰尘的塑料植物。这时，我眼前突然一亮：

　　"《蒙特利夫》[2]！"

　　它被放在邻桌旁的一把塑料藤椅上，是袖珍版。书里夹着书签，

1　（前）法国国家图书馆就在这条街上。

2　英国小说家劳伦斯·德雷尔（1912—1990）创作的一部小说，也是他著名的"亚历山大四部曲"的第三部。"亚历山大四部曲"讲述了一个二战时期发生在埃及亚历山大城的故事，四本书采用四个视角描述了同一个故事。其中第三本《蒙特利夫》是唯一用第三人称讲述的作品。

可以看出阅读者的坚持不懈，甚至兴趣盎然。

我说话的时候，她转过身来。我突然想："天哪，我平常不会这样的。"我的视线情不自禁移开，仿佛想和我的声音撇清干系。我一定得说些什么。

"你在读《蒙特利夫》？"我哑着嗓子，试着用当地方言跟她交谈。我的大脑因害羞而神经紧绷，迫使目光又回到她的书上。她正……

"你都看到了。"

（快点儿，快点儿，快想起点儿什么东西说说。）

"其他几本你读了吗？"她有一头乌黑的秀发以及……

"我已经读完前面两本。当然，还没读《克丽》[1]。"对呀，当然是这样，真是个蠢问题。她的皮肤有点儿灰黄，但没有一点瑕斑，当然是这样啦，因为往往白皙的皮肤才会显得……

"哦，当然，那你喜欢这书吗？"我为什么一直不停地问这种显而易见的问题？她当然喜欢了，要不然怎么会读完两本半呢？我为什么不告诉她我已经读过这套小说，告诉她我特别喜欢"亚历山大四部曲"，告诉她我看了能找到的德雷尔的所有作品，我甚至认识写普斯沃登风诗歌的人。

"是的，非常喜欢。尽管我不太明白，为什么这一部反倒写得比之前两部更简单、更保守了。"她穿着黑灰两色的衣服，但这没让她看着呆板寒酸，不，她看上去很聪明漂亮。她衣服的颜色并不如她整体气质那么让人印象深刻。

1　"亚历山大四部曲"的最后一部。

"我同意。我的意思是，我也不知道为什么第三部这么写。再来杯喝的吗我叫克里斯托弗·劳埃德。"她会怎么回答？她手指上戴着订婚戒指吗？如果她说"不了"该怎么办？她要是说"Merci"[1]，意思是要呢，还是不要呢？妈的，我记不起来了！

"好呀。"

啊！终于舒了一口气。不，不要着急，加斯帕尔，噢，不管你叫什么吧，先在吧台那儿待一两分钟，或者先去服务别人吧。嗨，外面大街上有那么多人，一定有谁比我更需要你的服务。不，事实上，如果再好好想一想，最好还是现在就给我提供服务吧。她或许以为我是那种礼貌拘谨的、永远不会在剧院中场休息时出去喝一杯的家伙。那么，我要点什么呢？最好不要点同样的东西。现在才五点半，别点烈酒，要不然她可能会觉得我其实是个流浪汉。来杯啤酒怎么样？但并不太想喝。好吧，希望这看起来不是太"卑躬屈膝"。

"两杯意式浓缩，谢谢！"[2]

当我端着咖啡往回走的时候，小心翼翼不让它们洒出来，与此同时，又努力不让自己看起来太过专注和紧张。还好，她是背对着吧台坐的，可难说这儿哪块倒霉的镜子会让她看到我。不论怎样，从一开始你就必须显出合宜的姿态，风度翩翩，但不资产阶级，洒脱不羁，却不轻浮。可还是有一杯咖啡洒了出来。啊，快决定，我该出于男女平等，把这杯给她，观察她什么态度，还是冒着把一切

1　法语，"谢谢"。

2　原文为法语。

搞砸的风险，本着骑士精神，把它留给自己。我这样胡思乱想着，最后试图让另一杯咖啡也洒出来。

"抱歉，咖啡有些满。"

"没关系。"

"加糖吗？"

"不用，谢谢。你换了喝的吗？"

"呃，是的，我不想让你觉得我像个小丑[1]。"

她笑了，我也差点儿笑了。对于才认识的人，没什么比一点儿糟糕的俚语更能消除疑虑、拉近关系的了。因为这首先会让你看起来幽默；其次，还能表现出你对他们国家语言浓厚的兴趣；再其次，还能让对方意识到，她完全可以和一个英国人友好随性地交谈。在剩下的时间里，你们也不再需要去生硬地聊什么国民特性和圆顶礼帽。

我们聊天，微笑，喝着咖啡，你来我往地把对方逗乐，与此同时，又抛出一些话题，彼此试探着。我说仔细读一下"亚历山大四部曲"的法文版也许会很有趣，又对小说的精妙发表了些自己的看法。她问我，我在巴黎的研究会做多久。我想，你该知道，我们还没结婚呢，提这种问题毫无意义，但也可能意义非凡。我太紧张了，以至于不知道自己是不是真的喜欢她。无动于衷和焦虑不安以非理性的方式交替揪扯着我的心。比如，我居然傻乎乎地问她叫什么名字。这个问题就像一块突然从嘴里喷出来的食物，在我想问她格厄姆·格

---

1 原文为"clo-clo"，是一个法国俚语，常用来自嘲。

林[1]在法国的声望如何时，忽地脱口而出。另一方面，我努力向她传递"我们什么时候能再见面"的意图，尽量显得诚恳，避免傲慢，更避免像在摇尾乞怜。

我和安妮克相遇那天是星期二。我们约定下星期五在同一家酒吧再会，到时她如果没来（她有个什么表亲要去找她——为什么法国人总是有那么多表亲，而英国人却没有？），我就打她留给我的电话号码。我曾经想逃掉这次约会，但最终还是决定听从心声，去了。毕竟三天里我都在设想，如果和安妮克结婚会怎么样。

事实上，我因为总在想安妮克，以至于记不清她长什么样儿了。这就像往一个东西上一层一层地刷混凝纸浆，眼见着它最初的形状渐渐消失。要是我没认出那个自己已经"娶"了三天的女人，该多糟糕啊！我有一个学生时代的朋友，他和我一样容易胡思乱想又爱紧张，他想出过一个好法子应对这样的困境。他有一副造型古怪的破眼镜，每次等女孩的时候，他就把它拿在手里夸张地转来转去，吸引人们的眼球。他说这办法挺奏效。特别是当他后来主动向女孩坦白这小聪明的时候，总是屡试不爽地让她们心生感动。当然，他告诉我，也不能轻易承认。一个人不能把自己的弱点和劣势在一开始就和盘托出，只有到之后你想展现自己人性中温暖一面时，它们才派得上用场。

不过，鉴于我的视力很好，我没法用他的办法。只能早早到

---

1 格雷厄姆·格林（1904—1991），英国作家、剧作家、文学评论家。一生获得 21 次诺贝尔文学奖提名（但终未获奖），他被誉为 20 世纪最严肃悲观且最具宗教意识的作家。

达约定地点，玩"正全神贯注看书"的把戏。要约会的那天下午，我紧张得浑身发抖。剪坏了两片最好看的指甲，膀胱追着卫生间水箱上水的速度迅速涨满。头发还好。衣服，经过激烈的思想斗争，终于决定好怎么穿；内裤，在反复纠结之后，最后时刻又换了一条。然后，我选了一本书，希望她会注意到，那是法国作家维利耶·德·利尔－阿达姆[1]的《残酷故事》。我之前就读过这本书，书中内容还记得清清楚楚，万一她也读过，那么谈起来不会尴尬。

所有这些听起来似乎太过疑神疑鬼和精于算计，但如果你真这么看，对我可能不太公正。我那时倾向认为（现在也许依然这样认为），那都是一种敏感的、想取悦于人的愿望导致的结果。对我来说，想象她会喜欢我以什么模样出现在她眼前，和思考我想在她面前塑造怎样的自己，同等重要。

"您好呀！"[2]

我猛地从老维利耶的书上抬起头来。这个剧烈的动作和满怀的兴奋让我的目光又失焦了，刚好解决了怕自己认不出她的难题。

"哦，您好！"我刚准备起身，她正要坐下，我们俩同时停住，不约而同地笑起来，然后一道坐下。原来这就是她的样子，嗯，比我记忆中的她还要瘦一些（在脱掉雨衣之后）。呃……非常棒，并不是很丰满，不过，怎么说呢……很实在。只剩下灵魂和苦难需要检测了。她的头发是深棕色的，从中间分开，笔直顺滑地垂下来，

1　维利耶·德·利尔－阿达姆（1838—1889），法国象征派作家、诗人和剧作家。作品经常带有神秘和恐怖元素，也具有浪漫主义风格。

2　原文为法语。

落在肩膀刚刚好的位置上。她的眼睛也很好看，棕色的，尽管我觉得大小和形状与常人无异，但神采奕奕；她的鼻子很灵敏。我们交谈的时候，她配合对话，打了很多手势。我觉得我最喜欢的是她身上那些会动的部分：她的手和眼睛。你不仅是在听她说话，也是在看她说话。

我们聊了些寻常的话题——我的研究，她在摄影资料馆的工作，德雷尔，电影，巴黎。我们在分享的假设中收获了许多令人惊喜的新发现，尽管那可能只是大脑幻想出来的刹那默契。我们在大多数事情上看法相同，但也在小心翼翼试图博得对方的好感，尤其是我。但这并不是说我在她面前毫无骨气。讨论伯格曼[1]的幽默感时，我就提出异议（为他热烈地辩护）。但我们之间的"探究"始终彬彬有礼，所有讨论都基于唯一重要的共识：我们并不讨厌对方。

喝过几杯后，我们决定去看场电影。毕竟总不能就这样没完没了地聊下去，最好能尽快制造些共同回忆。我们迅速选定了布列松[2]的新电影《驴子巴特萨》。看布列松的电影，你知道它吸引人的点在哪儿，或者至少说，知道这部电影想说什么。坚韧不拔，思想独立，引人深思的黑白镜头，是大家对他电影的普遍看法。

电影院就在酒吧旁边，并且即使夜场，学生也可以买到优惠票。电影院外面，有许多衣着时尚的人在认真地看剧照。和平常一样，正片开始之前，总会先放几个难看透了的卡通商业广告片，这

1　英格玛·伯格曼（1918—2007），瑞典著名导演，代表作有《第七封印》《芬妮与亚历山大》。

2　罗伯特·布列松（1901—1999），法国著名电影导演，代表作有《一个梦想者的四个夜晚》《很可能是魔鬼》。

些片子总把动物画得让你认不出是个什么东西。在我最喜欢的一个广告里，有位主妇会尖着嗓子疾呼："来点儿果仁！"如果在平时我会笑出声，不过此刻我强忍住了，没有发出那种大家心照不宣又有些猥琐的盎格鲁－撒克逊式的咯咯笑声。我很想评论一下英法广告片的不同，但一时想不到合适的词，没说出口。这是去电影院的另一大好处。

从电影院出来时，我们按照惯例，沉默了一阵儿，让那种"因太感动而说不出话"的反应渐渐淡去。然后才开口道：

"你觉得怎么样？"（总是以这句开头。）

"拍得很悲伤，很真实，非常的……"

"诚实？"

"是的，没错。诚实，真诚，但是也很幽默，一种悲伤的幽默。"

你不能诟病"诚实"，那是一种值得推崇的品质。布列松身上就不乏这种品质，特别在这部电影中，当他想用镜头表现一片悲伤寂静的树林时，不惜让人拿着枪去把树丛里那些吱吱喳喳叫的鸟儿都打跑了。我把这个故事讲给安妮克听，我们都承认搞不太懂这么做合不合理。他这么做是不是因为发现根本不可能用空白磁带来表现一片没有鸟的树林？还是出于一种发自内心的、绝对的诚信感？

"或许只是因为他不喜欢鸟。"我打趣道。这句话已经在我心里酝酿许久，所以非常自然地说出了口。

在那个时候，每次大笑都能产生双份的快乐，而她的每一个笑都会让我甜蜜地沾沾自喜。

我们闲逛（确实如此）进了一家酒吧，坐下喝了几杯，之后我送她走去巴士站。我们一直聊着，偶尔没话的时候，我就担心是否不太礼貌。不知不觉中，我们就跨过了从"您"（vous）到"你"（tu）的屏障，只是还恪守着学生间的交往规范。不过，我老想着，我们的初吻会是什么滋味儿？总之，它……它会很快发生吗？我对法国人的习惯一无所知，尽管我知道不能索"吻"（baiser）。因为在法语里，这个词既可以表示亲吻，也可以表示发生关系。到底该做些什么，或者哪些行为是被允许的，我完全没有概念。之前托尼和我曾写过这样一首小诗：

初次接吻，
你尽可倾己所能；
再次接吻，
你该听从心声！
到了第三次——
你个磨叽没出息的浑小子。

不过当时写这首"小诗"时的自信完全出于毫无经验，诗中的说法出了伦敦郊区诸郡也大概就不好使了。之后我意识到，可以利用当地的风俗习惯，利用好法国人之间无处不在的"握手"。把你的手递向她，比一般情况下握得久一点儿，然后慢慢地用一种性感的、让人无法抗拒的方式，把她拉过来，转向你，与此同时，你凝视着她的眼睛，深情款款，就像刚拿到一本被封禁的初印版《包法利夫人》似的。真是个好主意。

她的巴士到了。我犹犹豫豫地伸出一只手。她一把抓过那只手，我还没弄清怎么回事，她已经在我脸颊上轻轻吻了一下，然后松开我的手，掏出车票，大声喊了句"再见"，从我身边跑开了。

我吻了她！嗨，我吻了一个法国姑娘！她喜欢我！更重要的是，我在这儿还没转几个星期，就遇到了她。

我目送着她的车渐行渐远。如果这是一辆老式的巴士，安妮克就可以站在开放式的踏脚台上，一只手握着栏杆，另外一只手轻巧地举起来，沐浴在街边孤灯昏暗的光中，向我告别。像一个满眼含泪，正站在船尾，即将和故土告别的移民女孩。而在这里，随着气动门一声闷响，我和她已经被彻底地隔开了。巴士轰鸣驶去，我已经完全望不见她的身影。

我信步走到皇家宫殿花园，满心自得。在庭院的长椅上坐下，呼吸着夜晚的空气，感觉一切仿佛都在刹那间聚拢到一起。过去浮动在我周身，而我就是现在。艺术在这里，历史也是，某些和爱情或者交合类似的愿景显露出头角。过去一点儿，在那个转角，是莫里哀曾经工作过的地方。在它的对面，是科克托[1]还有科莱特[2]待过的地方。再那边，布吕歇尔[3]曾因玩轮盘赌输了六百万法郎，以致余生中，他一听到巴黎就气到发疯。那边，坐落着世界上第一家用咖啡机煮咖啡的咖啡店。再过去一点儿，在瓦卢瓦柱廊中的一家小

1　让·科克托（1889—1963），法国诗人、小说家、剧作家、设计师和电影导演，多才多艺，几乎涉足了那个时代的所有现代艺术，以创造力惊人著称。

2　西多妮－加布里埃尔·科莱特（1873—1954），法国女作家。曾获诺贝尔文学奖提名。代表作有《吉吉》（后被改编为电影《金粉世界》）。

3　格布哈德·列博莱希特·冯·布吕歇尔（1742—1819），普鲁士元帅，因参与多次战役而声名远扬，积极进攻的指挥风格为他赢得了"前进元帅"的称号。

刀具店里，就是在那儿，夏绿蒂·科黛[1]买了一把刀，她用它刺杀了马拉。我把所有的历史和艺术，如果足够幸运的话，还有那些很快可以被称为生活的东西融合在了一起，把它们聚拢起来，细细吸入，咀嚼，消化，让它们成为我自己的一部分。托尼和我在学校的时候，都喜欢为对方引用戈蒂耶的话，此刻，那句话又闪过我的脑际，在耳边呢喃："一切终将消逝。"[2]也许吧，我答道，但是在很长一段时间内不会，只要是与我相关的。

我必须给托尼写信。

我写了。但是他的回信中并没有表露任何他本该有的长辈式喜悦。

亲爱的克里斯，

很棒，但还不是灵肉交合[3]。如果你进入的是另外两片唇的话，或许会激起我的兴趣。你最近读什么书了？看到什么新鲜事了？还有，不是和谁，而是你做了些什么事？我希望你意识到，你正身处巴黎，春天还没有真正过去，如果我发现你不务正业，别怪我会一直鄙视你。那边大罢工的情况怎么样了？

托尼

---

1 夏绿蒂·科黛（1768—1793），法国大革命恐怖统治时期的重要人物。她出生于没落贵族家庭，支持温和的吉伦特派。策划刺杀了她认为是恐怖统治罪魁祸首之一的雅各宾派领袖马拉。后于马拉死后的同年七月，被送上了断头台。

2 原文为法语。

3 原文为法语。

我想他是对的。何况我信里病态的心花怒放，也能从他回信的语气中轻易推测出来。可惜收到他这封信的时候，已经覆水难收。

1968年5月25日，我失去了童贞。（记住这个日子是不是很怪？一般来说，只有女人才会记住她们初夜的日期。）你或许想听听细节。该死，我不介意再讲一遍。我至今也没完全从这段记忆中走出来。

那是在我们一起出去的第三个晚上。

我认为这值得浓墨重彩单独写上一段！那时，我心里生出一种奇怪的骄傲感，觉得好像一切的发生都是因为我的安排似的。当然，并不是。

上床之前，我们都没怎么说话，尽管保持沉默的理由不尽相同。我们又一次去了电影院，这次看的是一部叫《危险关系》的老片。我们都很喜欢瓦迪姆[1]的现代时装版改编，以及让娜·莫罗[2]和颇具讽刺意味地暗藏于光鲜背后的鲍里斯·维昂[3]。

从电影院出来后，我故作随意地提到我那里有些卡法多斯。我们的亲密可见一斑。

屋子里还是我离开时的模样，即我之前多多少少布置好的样子。看起来还算整洁，但并没有像刻意打扫过般一尘不染。几本书随意摊开着，好像正读到一半（有的确实如此，最完美的"谎言"中都掺杂着"真实"）。灯仅立在角落，光线很暗。原因不言自明。当

1　《危险关系》的导演，他把18世纪书信体小说的故事搬到了现代背景的舞台之上。

2　让娜·莫罗（1928—2017），法国女演员、歌手和导演，代表作有《通往绞刑架的电梯》《祖与占》等，因独特的美和突出的个性而著称，被称为"知识女性的化身"。

3　鲍里斯·维昂（1920—1959），法国博学多才的作家、诗人、音乐家、翻译家、评论家、演员、发明家和工程师。

然也是以防有什么危险的东西会在我们看电影期间就迫不及待地显露出来。酒杯放在一边，我重新洗了一道，漂净，但没有擦干，这样能避免倒卡法多斯的时候，会像平常那样让茶巾上的残屑混进酒沫里。

我们进屋之后，我随手把外套扔在了扶手椅上，这样一来，当我邀请安妮克坐下时，她就只会坐到沙发上（她不太可能坐到床上，尽管白天的时候，上面铺着印度床罩，还放着一堆垫子）。我想，如果发展到某个阶段，我一时冲动，准备向她示爱，可不想自己的肚子会突然撞上什么椅子扶手。这些想法并非像听上去那么野蛮；它们踌躇不前地暂驻在我的大脑中，让我感到一阵内疚。不过我是在用将来条件句而非一般将来时思考，这种时态，能将责任降到最小。

就这样，我坐在椅子上，她坐在沙发上。一直坐着，一边小口啜饮，一边彼此对视。公寓里没有留声机。问"想玩老虎机吗？"，好像也不合适。所以我们只能互相观察。我并没试着认真去找话题。有一两分钟，我想问"自由恋爱"[1]（free love）翻译成法语是"l'amour libre"吗；我很高兴，最终没有找到答案。

我很想知道，在这样的时刻，是不是大多数人都认为对方一定比自己坦然得多？至于我，当时在积极地琢磨着安妮克——心想，既然她比我能更灵活地使用当地方言，她如果有什么话要说，就会说出口。可是她什么也没说，于是我也什么都没说。在谈话停止后，

1　自由恋爱主义是一场旨在接受所有形式的爱的社会运动。最初的目标是将国家事务与两性事务（如婚姻、生育等）分离开，让这些事务只涉及个人，而与其他人无关。

我们渐渐笼罩在一种微妙的安静气氛中。那是一种心照不宣的沉默，伴随着全副身心都在留意对方。结果这让我内心前所未有地躁动。这来自静默的力量完全是自发的。之后，我曾尝试过再次制造这种状态，都以失败告终了。

我们隔着大约六英尺，都穿得整整齐齐的。但是我们之间不断交流的微妙欲望，对彼此的吸引，我感觉远比我们之后赤身裸体、热切接触时要强烈许多。这和电影里看到的那种在做"前戏"时的炙热凝视完全不同。起初我们盯着对方的眼睛和脸，但目光很快就游移到身体的其他部位——当然，还会回来。每当目光扫视到一片新的领域，就会产生一阵新的兴奋。那一刻，肌肉的每一次抽动，嘴角的每一下颤抖，手指抚过面颊时的每一寸感触，都具有一种独特的、温情的、毫不含糊的重大意义。

我们就这样待了至少一个小时，之后去了床上。这真是一件让人吃惊的事。我并不是说它让人失望，事实上它确实很有趣，完全没让我失望，但它确实让人吃惊。那些我期待已久的东西几乎让我泄气，但我未曾想到的部分，却异常好玩。就生理的愉悦而言，我并没感到什么新意。而我们身体搂抱在一起的短暂厮打与缠绵，其"显著特点"也只是满足了好奇和笨手笨脚。可是其他方面……那些从没人告诉过你的……女人身体爆发出的所有，交织着感染力、温柔和极度自傲的快乐的复杂情绪。为什么我以前从未读到过这些？为什么他们没有告诉你，你脑袋后面会有个球迷手里打着响板，挥舞着围巾，一边在台阶上跺脚，一边大喊着"好样的"？然后，在这一切背后，是一种履行了社会责任的奇妙感觉，就好像最后，你终于加入到了人类种族的行列中，仿佛你将来不会不明不白地就离开世界。

"事后"（这个词就像"孩子"一样，非常意味深长；这是个你在文章中突然瞥见，会让自己不小心兴奋起来的词；这是一个胜过任何其他词语，我一直想用来写一写自己的词语）。事后，我脑袋后的那个球迷，放下了他手里的响板，卷好围巾，让看台重归沉寂。事后，我进入了梦乡，嘴里喃喃着："事后……事后……"

我翌日早晨写给托尼的信丢了（至少他是这么说的）。也许他只是出于好心，不愿意让我想起那时我在信里表现出的过分的得意和狂喜。不过他的回信我还保存着。

> 亲爱的克里斯，
>
> 　为这伟大的一刻，我已经张灯结彩，做好充分欢庆的准备。这么说，你终于挥棒了。借用，或者更准确地说，盗用我一位女友的话讲（我很确信她并不想收回它），你（终于）"放下了童贞的负担"。有次我替她送信，并顺手拆开看了。这话说得太棒了！现在你可以看成人版的《恶之花》了。另外，我告诉你一句我某天自个儿想出来的双关语："她告诉了我爱的痛苦。"[1] 这样表达符合语法规则吗？我已经不记得了。
>
> 　出于友谊（更不必说对真理的守护），我必须告诉你，虽然你信中的内容让我感到慰藉——对此，非常感谢——但行文的语气还有待改进。我喜欢你描述的细节，但是冒昧地说一句，你用不着非得坠入爱河。你应该知道，这玩意儿不是一揽子的

1　原文为法语。

买卖。你冲进了一方，并不意味着就必须同时顾及另一方。我估计你也不爱听我说这些，我敢保证自己是在浪费时间。你压根儿就用不着别人告诫，或者说，根本就不会听。不过，即使你不爱听我的话，也要记住法国佬那句谚语（我翻译给你这个糊涂蛋听）：恋爱时，总是一个人亲吻，一个人把脸凑过去。顺便问一句，要我给你寄点儿杜蕾斯吗？

继续不羁。玩得开心。

爱你的

托尼

这就是那种你读一半，会笑起来，然后随手放到一边的信。信里有些话只适合说给那些毫无经验的人听，而不适用于生活已经变得酸酸甜甜的人——真是浪费邮资。除此之外，我和托尼也正渐行渐远。曾经把我们凝聚在一起的共同敌人已不复存在，成年后我们对事物的热情注定不像少年时的憎恶那般相似，它们不再能把我们拴在一起。

所以，那个时候，我唯一接受了的建议是：

"不，并不像那样。"

"抱歉，像这样吗？"

"差不多……"

"你知道，我如果能把这事搞清楚，已经算好运了。"

"更像这样。"

"噢，我明白了，你的意思是……"

"嗯……"

到了适当的时候，我能应付自如。我发现实际情况和书本上写的相去甚远。在学校的时候，我们尽一切可能地去阅读相关的东西。我们研读过《查泰莱夫人的情人》，想象着乳房像钟一样挂在头顶；在身体近乎原始的纠缠中，天上的雨滴闪闪发光。我们如饥似渴地阅读经典的印度文学（以致有几个月中，总会心里充满希望，精力格外旺盛地去进行各种体育活动）。我们对润滑剂好奇又害怕。

我不是说研读那些作品给我们带来了什么不良影响。我要指责的只是它们在文本中对欢爱时肌肉、筋腱所起作用及运动方式的误导性描写。我第一次尝试和安妮克玩一点儿花样的时候（我其实并不特别想这么干，只是觉得，如果不这么干，可能会被当作一个天生缺乏内在节奏感的人），很惊讶。我按照自己曾一度鄙视的体位趴在她身上。在我把她的右腿举高时，我的身体忽然猛地前倾，脑袋正好压了在她的耳朵上。她扭动着想躲开我不由自主落下来的屁股。

"对不起，我弄疼你了吗？"在我把脑袋扭到一边（啊，又来），喘口气后，含混地问她道。

"你差点撞坏了我的鼻子！"

"对不起。"

"你要干吗呢？"

"我想试试那个……"

我试着慢慢跪起一条腿来。

"噢，我懂了。"

她把我抱进怀里，在我来回挪动着两条腿之时，一点点调整转动着自己的身体。突然间，噢，我们成功了！做到了！我们实现了一个体位！分腿跪式确实行得通！我脑后拿着响板的球迷兴奋极了！二，四，六，八，我们该感谢谁？

"你为什么想这么干？"安妮克面带微笑地望着我，而我正窥探着她深处的秘密，傻笑着。（噢，天哪，也许不应该这么干！）可是，不，她的微笑里夹杂着困惑和宽容。

"我觉得这么干也许会很舒服，"我回答，然后承认道，"我在书上读过这种体位。"

她又笑了。

"那你感觉怎么样？"她把脸上的一绺头发捋到了脑后。

（是的，这个体位做起来不疼，可是换个角度说，也不是特别舒服。你的两条腿必须一直处于极度紧张的状态，那感觉就像一个肌肉发达的健美先生在摆造型，必须时刻绷着每一寸肌肉，直到评委作出裁决。我突然意识到，摆这体位时，待在上面的你不能移动分毫，所有动作都得让你的伴侣来完成。）

"我说不好。"

"书上说这个姿势很舒服吗？"

"我不记得了。书上只说，你可以试试这种姿势。再说，这么干如果不舒服，他们也不会写进书里，对吧？"

我暗暗思索，这是不是那些可以配合润滑剂来提升舒适感的体位之一。我的语气对安妮克来说好像太过认真，她突然哈哈笑起来，我也笑了起来。我的敏感部位，随着这陌生的肌肉抽搐，不可避免地软了下来。我们翻滚着抱在一起。

我后来回想这件事时，意识到正是从这次令人愉快的坦诚经历开始，我渐渐放弃了对严肃思想的追索：那些思索常常不过是在白费功夫而已。在那些独自睡在床上的夜里，我会不断质问自己，试图探求一些蛛丝马迹。我整夜满脑子载着各种对爱情的疑问，难以入眠，然后又从自己这失眠中，推演出新的爱情。

不过和她在一起的时候，感觉完全不同，非常自在。她的坦诚很有感染力；尽管对我来说，这很可能是神经和思维在起作用。安妮克是第一个让我感到真正放松的人。在此之前，甚至包括和托尼在一起，我表现出的坦诚常常只是为了显得自己比别人更直率。现在，这坦诚的状态从外在看也许还是一样的，但内里却不同了。

我惊讶地发现，我们如此轻易地就接受了新的相处模式，尽管要完全适应还需要一点儿努力。我们俩一起过夜的第三个晚上，脱衣服时，安妮克问我："我第一次来这儿的第二天早上，你做了什么？"我当时正在脱裤子，暂时掩饰了疑惑。

但在我还犹豫不决的时候，她接着问："你感觉怎么样？"

这个问题更难回答。我纠结该不该承认，那是一种感激里混着沾沾自喜的心情。

"我当时希望你先走，这样我就能把发生的一切赶快写下来。"我小心翼翼地说。

"我能读一读吗？"

"天，不行。至少现在还不行，将来什么时候吧。"

"好吧。所以，你到底感觉怎么样？"

"有点儿沾沾自喜又很感激。不，顺序颠倒一下。你呢？"

"我特别开心，我和一个英国男人睡在了一起。你能说法语我很高兴，不过想到我妈妈知道后会怎么说，又有点儿负罪感。还有，迫不及待想把这件事告诉好朋友们。还有……真是太有意思了。"

我结结巴巴、有些害臊地赞美了她的真诚。然后问她，她是如何学会让自己如此坦率的。

"什么意思，学会？这可不是什么教和学的问题。只是把你想说的和不想说的说清楚而已。"

起初，我没听明白她话的意思，但是后来渐渐理解了安妮克如此坦率的秘诀就在于没有秘诀。就像原子弹，所谓的秘密就是没有秘密。

在遇到安妮克之前，我一直深信，尖锐的愤世嫉俗与质疑以及对任何想象力丰富的作家所写文字战战兢兢的信任，是从充满虚伪与欺骗的世界中艰难痛苦地提取真理的唯一工具。追求真理似乎必然要经历一番苦战。可是现在，并非在瞬息之间，而是经过几个星期的思考后，我开始意识到，也许追求真理既没像我之前想象的那么艰险——建立在假想的战斗之上——也并非很容易，无需任何努力，只用瞥一眼自己的内心世界就能达到。

安妮克教会了我坦诚（至少教会我坦诚的原则吧），并帮助我懂得了性；反过来，我也教会了她——好吧，这不是一个抽象名词能概括的东西。过了一段时间，对民族性的固有认知，成了我们之间的玩笑：法国人擅长处理抽象、理论化、概括性的东西；英国人则注重细节、注释、附文、例外和特殊情况。从广义上讲，未必是这样，但就我俩而言，这样的总结似乎恰如其分。

"你怎么看卢梭？"我问她。或者怎么看待存在主义，看待电影在社会生活中扮演的角色，幽默理论，去殖民化，戴高乐形象的神化，公民在战争期间应尽的义务，新古典主义艺术的原则，黑格尔的哲学理论。她起初看起来似乎接受了很优秀的法式教育，博学得惊人，谈论起各种理论都很得心应手，就如同用叉子戳起意大利面般自如。论证自己的观点时，总能引经据典，自信又游刃有余地从一个学科跳到另一个学科。

不过几个星期之后，我终于看穿了她所有立论的特点，抄了她的"后路"。并且，那时，我对英式粗枝大叶的自我认知体系——"有建设性的闲荡"理论的信任受到了动摇。当我们聊到兰波的时候，我忽然注意到她所有用来支撑自己论点——兰波崇尚自我毁灭的浪漫主义（和我的看法相反，我认为兰波是波德莱尔之后第二个现代派诗人）——的举例总来自那几首诗：《醉舟》《元音》和《奥菲利娅》。她有读过《灵光集》吗？

"没有。"

她读过《通灵者书信》吗？

"没有。"

她还读过他的其他诗歌吗？

"没有。"

好呀！我要乘胜追击。她没读过《致邦维尔先生——与诗人谈花》，也没读过《爱情沙漠》，甚至没有读过《地狱一季》。她显然不理解"我是另一个人"[1]的含义。当我说完之后，安妮克问道：

"你感觉好些了？"

"松了一口气，我还以为你什么都知道。"

"不。我只是说我知道的，不多，也不少。"

"相反我……？"

1　兰波的著名诗句。

"你知道很多事，却不说。"

"不知道的却瞎说？"

"没错，很显然。"

这是她教会我的第二节课：在学会真诚回应之后，还要懂得真诚地表达自我。可是这场对话怎么就跑题了？我本以为自己占了上风，却又突然回到了原点。仿佛有一根指甲修剪得很干净的大拇指正要把我胶状的眼球取出来。

"为什么你总能占上风？"

"我可没有。我只是静静地学习，你却总是大张旗鼓，靠别人的教导，而不是靠自己的观察学习。而且，你喜欢别人跟你说：'哇，你真努力啊。'"

"为什么你那么自以为是？"

"因为你认为我自以为是。"

"为什么我会认为你自以为是？"

"因为我从来不提问。'生活中，实际上只有两种真实的角色，提问者和回答者。'"

"这话是谁说的？"

"他很善于提问。猜猜看。"

"不猜。"

"好吧，奥斯卡·王尔德……当然是翻译后的版本？还是雨果，或者达朗贝尔[1]？"

1　让·勒朗·达朗贝尔（1717—1783），法国数学家、工程师、物理学家、哲学家、乐理家。曾和狄德罗一起编撰《百科全书》。

"我真的不想知道。"

"不，你想知道，谁都想知道。"

"不管怎么说，我觉得这话说得有些别扭，我猜是你自己编的吧？"

"当然是啦！"

"果然是这样啊。"

我们凝视着对方，因为第一次拌嘴而有些小兴奋。安妮克将右脸颊上的头发拂到脑后，张开嘴，模仿着电影中女人的风情，用舌尖在上嘴唇上舔了半圈，轻声说："沃维纳格[1]。"

"沃维纳格！天哪，我从来没读过他的东西，只是听说过。"

安妮克又舔了舔她的下嘴唇。

"你这个小坏东西！我敢打赌，你就知道沃维纳格这一句话。而且是在插图本的《法国文学史》中读到的。"

"'你必须等待、畏惧时间和人类[2]。'"

"和女人。"

"'最好是……'"[3]

"好了好了，我投降，我不想再听了，你确实是个天才，是法国国家图书馆！"

之前败给她，我会感到羞耻；但现在我却只会变得暴躁和咄咄逼人。我看着她，心想，你这样，很容易让我不再喜欢你了。

1　沃维纳格（1715—1747），法国作家和伦理学者。

2　此处法语原文 "hommes"，既可表示"人类"，也有"男人"的意思。

3　以上三句，原文均为法语。

她的头发又耷拉到了脸颊上，她抬手拂去，再次张开嘴，大概又要模仿什么。但假如真是这样，你可以直接抱住她，吻她。于是，我把她紧紧抱进怀里深吻。

　　当我们每次欢爱之后，她就会离开我，把身体翻到一边，朝左侧躺着。我眯着眼注视着她娇小的骨架和轻柔起伏的后背，觉得自己又老了几个星期。真奇妙啊，时间如同蹦蹦跳跳的兔子般，转瞬即逝；照这个速度，我会很快成熟，成熟到与身体真正相匹配的年纪。我看着一片斑点起起伏伏，蓦地想起那些和托尼精心描绘过的古怪而绝望的白日梦。现在看来，被纳粹的 X 光设备阉割的可能性微乎其微，SST 测试也无聊又不实用。我突然觉得，念书时调笑的婚前性行为——做三次是挑衅，做两次只为打垮——好像跟资产阶级毫无关系。而世界每数十年便会轮回的历史规律呢？如果真的如此，那么在进入长达三十年的战争与艰难时期前，我最多只剩一年时间可以享受身体的欢愉了。当然这似乎也不大可能发生。

　　我身旁的安妮克已然入梦，她口中忽地溢出一声含混难受的叹息。我想，生活就该是这样吧：一场关于兰波的争论（或多或少，我赢了），午后的欢爱，一个熟睡的女孩，还有我，在这儿，醒着，看着，观察着。我下了床，翻出素描本，小心翼翼地给安妮克画了一张写生。签上名，写下了日期。

3　雷东[1]，牛津

　　我当初去巴黎，下定决心让自己沉浸在法国的文化里，语言里，市井生活里，当然，我当时也一定散漫迟疑地在列表中添上了"女人"。才到巴黎的时候，我小心谨慎地避开和英国相关的一切，故意避开英国人，避开英文报刊和书籍；说法语时，也尽量让舌头不沾英式口音，如同尽量避免让它去接触威士忌和可口可乐一样。并且，我还开始尝试在说话时打手势：就像为了能更准确地发出法语元音，舌头和嘴唇不得不更费劲努力一样，两只手也不能闲着。我用指背擦过下巴，暗示不耐烦。我学会了一边嘴唇下撇，一边耸肩；学会了手指交叉，掌心向内，放在肚子前，两个大拇指绕着圈，并用嘴唇发出"噗"的声音。最后这个手势表达的意思是："我可不知道。"当初在学校里这么做会被嘲笑。现在我却做得炉火纯青。

　　然而，随着我的法语说得越标准，手势做得越到位，越融入

1　奥迪隆·雷东（1840—1916），法国画家，19世纪末象征主义的领军人物之一。在绘画创作上主张发挥想象而不依靠视觉印象。

到法国文化中，在这整个过程里，我内心中的抵触也与日俱增。几年后，我读到一篇在加利福尼亚做的研究报告，是关于美国大兵所娶的日本妻子（她们都出生在日本）的。加州聚集着许多这样的女性：她们说日语也说英语，且两种语言的使用频率相当。她们在商店时，或者彼此之间聊天时，会说日语；在家里则说英语。在报告中她们接受了两次采访，第一次是用日语，第二次是用英语。结果表明，用日语采访的时候，这些女人表现得顺从乖巧，时刻想着团结紧密的社会集体的重要性。用英语采访的时候，她们则表现得更独立、直率、外向。

我并不是说这种情况也发生在我身上。但是过一段时间后，我确实清楚地意识到，我即便不是在说那些我根本不相信的东西，也至少是在说那些我以前从未想过自己会如是思考的东西时，思维方式开始倾向于归纳概括、贴标签、做摘要、分类、解释，让事情明晰化。天哪，没错，让事情明晰化。我内心深处感到一种微妙的不安。不是孤独（我有安妮克了），也不是想家，而是某种因为我是一个英国人而生发的感受。同时，我隐约觉得，自身的一部分正在叛离另一部分。

一天下午，带着对这种"变形"倾向的纠结与不满，我去拜访了居斯塔夫·莫罗博物馆[1]。这座博物馆很冷清，坐落在离圣拉扎尔火车站不远的地方，恶作剧般地把每星期关门时间定在星期四

1　即居斯塔夫·莫罗国立博物馆。居斯塔夫·莫罗（1826—1898），法国象征主义绘画的代表人物。以描绘《圣经》和神话人物而著称，其丰沛的想象力影响了大量象征主义画家和作家。生于巴黎，死于巴黎。作品集中存放于他在巴黎的生前居所，即现如今的居斯塔夫·莫罗国立博物馆。

（且整个八月份都不开放），所以参观的游客可能比你能想象到的还要少得多。你可能第三次来巴黎的时候才知道有这么个地方，第四次来的时候，才会抽空去看上一眼。这座博物馆的墙上挂满了画作，从下到上，一直顶到天花板。它们都是莫罗去世时捐赠给国家的，从那以后，一直被人们不大情愿地保存到现在。这是我最喜欢去闲荡的地方之一。

我向穿蓝色制服的门卫出示了学生卡。那年春天我已经来过这儿很多次，但他从来没有认出过我，每一次都要按部就班地走一遍同样的流程。他总是坐在桌子后，右手指间夹着一支烟，垂在桌子下面，左手把一本"黑色系列"[1]的小说按在桌上。典型的官僚主义等级制度的糟糕产物。他抬头，如果看到来了客人，就用右手闲下的两根指头拉开最上头的抽屉，把湿湿胀胀的半截香烟搁在烟灰缸上，关好抽屉，把那本"黑色系列"的小说倒扣在桌子上，用力把它压得更平。然后他拿出一卷票，嘴里嘟囔着"没有优惠"，撕下一张，递到我跟前，接过我的三法郎，甩给我五十生丁找补的零钱，又再次拿走我的票，撕下一部分扔进废纸篓里，把剩下的部分还给我。当我一只脚踏上楼梯的时候，一缕青烟又从他手指间袅袅升起，倒扣的书被翻了过来。

楼上是一间高大宽敞的画室，中央放着一个粗重的黑色火炉，不太得力地烘烤着房间。我猜从莫罗的时代起，它就没让屋子暖和过吧。画室墙上挂满了各种已完成的和画到一半的画。许多都是大幅作品，构图很复杂，个人化的象征手法与为人熟知的象征元素交

---

[1] 法国伽利玛出版社旗下品牌，专门出版精装本的侦探小说和犯罪小说。

织在一起，呈现出古怪的视觉效果。那时候，它们让我很着迷。房间里还摆着几个大木头柜。柜子上的抽屉很窄，里面装着大量还在准备阶段的画稿，这些柜子看起来就像一座座巨大的蝴蝶标本陈列柜。你拉开抽屉，眯起眼睛，透过自己在玻璃上映出的影子，就能看到当年画家用铅笔轻轻勾勒出的线条，还有点缀在画纸各处的细节——这些地方日后将会变成金子和银子、珠光宝气的头饰、护胸甲、镶着宝石的腰带、带鞘的宝剑。而所有这些作品都是在用新的、有冲击力的视觉形式重新阐释古代神话或《圣经》中的典故：融入色情的暗示，添加少许必要的暴力色彩，然后用调色板上精心调配出的颜色，适度地表现出来。

"半吊子[1]的艺术，对吧？"一个英国人的声音突兀地打破了空旷房间的宁静，从画室的另一头毫无阻拦地传进我的耳中。我当时已经往回走，在研究一幅为《求婚者们》[2]创作的钢笔画；然后又仔细观察另一幅深褐色的作品，莫罗用白色凸显了它的高光部分。

"很古怪，很荒诞。对女人的品位非常特别。亚马孙女战士。"一个不同的声音，来自另一个男人，他说话语调更慢，音色更浑厚，语气中有赞赏之意。我又观赏了几个"蝴蝶标本陈列柜"，但注意力已经不全在画上。那两人对艺术俗不可耐的议论不绝于耳。他们的口袋鼓鼓囊囊的，还装着在免税店买的东西。他们脚步悠缓地在画室另一头转来转去，把地板踩得嘎吱嘎吱响。

---

1 原文为"wanker"，也有"手淫者"之意。故有后文中"手淫"的法语表达。

2 居斯塔夫·莫罗有一幅画题为《求婚者们》，出自荷马史诗《奥德赛》中的情节，着力刻画了奥德修斯回到伊萨基岛后，将他妻子的追求者们纷纷杀死的惊心动魄的场景。

"不过还是狗屁艺术，难道不对吗？"（第一个人又说，）"都是动动手腕就能画出来的东西！"

"好吧，我不太肯定。"（第二个人说，）"我的意思是，他有许多想要表达的东西，不是吗？你看这条胳膊很不错。"

"别在这儿发表你那些美学垃圾，戴夫！"

"确实太过沉浸在自我中了。"（展厅里响起第三个声音，是一个女孩的声音，很轻，却很有穿透力。）"但我们也太武断了些，不是吗？我想，要看懂它们，需要了解很多背景。你们看那幅画上的女人是莎乐美[1]吗？"

"不太确定。"（第二个人说，）"她为什么把他的脑袋放在一把齐特琴[2]上呢？我觉得应该放在托盘上。"

"诗化处理[3]？"（女孩说。）

"也许吧。"（又是第二个声音，那个叫戴夫的说，）"不过这背景看起来是不是不太像埃及？还有那些脂粉气十足的牧羊人是谁？"

我真是受够了，不由转过身去，对他们的说法严厉抨击了一番。当然，是用法语。句子中夹杂着许多抽象名词，听起来高端又专业。比如，就我所知，"手淫"在法语中叫作"la masturbation"；这个

---

1 莎乐美为《圣经》中以色列希律王的继女，美貌绝伦。她爱上了先知圣约翰，但求爱被拒。某次宴会，希律王承诺，莎乐美若愿意跳一支七重纱舞，就满足她任何愿望。于是莎乐美跳完舞后请求国王杀死约翰。约翰受戮后，莎乐美抱着他的头颅，献上了梦寐以求的甜蜜之吻。这个故事后被英国作家王尔德改编成了著名剧本《莎乐美》。

2 一种流行于巴伐利亚地区及奥意边境的弦乐器，用手指和拨子弹奏。常在轻歌剧中用来表现情节的乡土气息。

3 指艺术家在创作时通过打破一些既定规则，使作品拥有更强艺术感染力的手法。

词里有好几个元音，想表达轻蔑时，它很管用。我指出他们关于"莎乐美"的误读，那很明显是一个端着俄耳甫斯头颅的色雷斯女人。我又说到马拉美[1]和夏塞里奥[2]——莫罗曾经师从于他。还有雷东，有的人认为他那些了无生气、色彩浅淡散漫的东西是象征主义，但其实他之于莫罗，就如同伯恩·琼斯[3]之于霍尔曼·亨特[4]，完全无法相提并论。

那三个人停下脚步。他们看起来年纪不比我大，满脸疑惑地站在那儿。第一个声音的主人是个凶悍的矮子，他上身穿着件棕色的皮夹克，下身是一条有破洞的牛仔裤。他转头看向第二个声音的主人，那人比他高，但看起来更瘦弱，一身最常见的英国人的装扮（粗花呢夹克衫，V领套头毛衣，系着领带），说：

"听懂什么了吗，戴夫？"

"我对这些东西一窍不通！"然后他用与温和外表不符的目光瞪着我，大声喊了句："凡尔登。"伸出食指在喉咙上比画了一下。

"你呢，玛丽恩？"她和那个穿皮夹克的家伙差不多高，有着典型的英国人相貌，泛红的脸上缀着几粒小雀斑，覆着一层软软的

1　斯特芳·马拉美（1842—1898），法国象征主义诗人和文艺批评家。代表作有《牧神的午后》和《希罗狄亚德》。

2　泰奥多尔·夏塞里奥（1819—1856），法国浪漫主义画派画家，以肖像画、历史画和宗教画闻名于世。

3　爱德华·伯恩·琼斯（1833—1898），英国画家，设计师。作品融合了前拉斐尔派的中世纪风格，以细腻精美著称。

4　威廉·霍尔曼·亨特（1827—1910），英国画家，前拉斐尔派的创始人之一，作品以细节充分、颜色鲜明、融合了大量象征元素著称，代表作有《死亡的图像》《世界之光》。琼斯也属于前拉斐尔派，两人在风格和题材方面有相似之处。

小绒毛；虽举止文静，但似乎很直率。

"听懂了一些吧，"她说，"不过总的来说，我觉得他在演戏。"

"演什么？"

"我认为他很可能是个英国人。"

我假装不明白。"皮夹克"和戴夫在我身边鬼鬼祟祟地走过来走过去，像两个正围着一台电视信号探测仪绕圈子的小矮人似的。我觉得我的衣服被他们从上到下打量了个遍，头发和手里的书也是。我拿的是本季奥诺[1]的《山冈》，所以一点儿不慌。当他们看出我知道他们在打量我的时候，我把书举到他们面前。"皮夹克"研究了一下。

"打扰了，先森，您真是英国人吗？"[2]

我又朝他晃了晃书，生怕自己笑出声来。我那时非常刻板拘谨，对衣着打扮总是一丝不苟。任何反传统的怪奇穿搭，在我看来都暗示着衣服主人缺乏理性，脑袋糊涂，情绪不稳定，不值得信任。在那个年纪，我几乎没怀疑过自己这种偏见。此刻，一个穿着有破洞的褪色牛仔裤的男人差点儿没让我笑出声。多么奇怪的三人组啊：这边，一个女孩，完全没化妆，至少我没看出她有一丝上过妆的痕迹；还有"戴夫"，好吧，他看起来像一个我本可以结交的朋友。

"我敢肯定他是个英国人。"[3]戴夫又说。"皮夹克"摸了一下我

---

1 让·季奥诺（1895—1970），法国小说家。他的作品多描绘普罗旺斯的乡村世界，刻画人面对形而上学或道德问题时的处境。

2 原文为不标准的法语和英语掺杂。

3 原文为英语和法语掺杂。

的翻领。

"您能……"[1] 这时，戴夫突然一把拽住他，像露营时跳华尔兹那样，拉着他笨拙地转了半个圈侧身从我旁边闪开了。那女孩一脸愉快地看着我。嗯，她一点儿妆都没化，不过，换一个角度看，我发现这样很适合她。多奇妙啊。

"你来巴黎做什么？"她问道。

"哦，七七八八的事。做做研究，写写东西，让自己从被一堆事儿压得喘不过气的状态中解脱出来。你呢？

"度假，准备待几个星期。"

"他们呢？"

"戴夫在这儿的一家银行工作，米奇在考陶尔德艺术学院[2]做研究，所以我们才会来这儿。"

"哦，是吗？"（哦，天哪。）"研究什么？"

"事实上，就是莫罗。"她微笑着说。

"哦，天哪。那他的法语一定非常好……"

"他妈妈是法国人。"

唉，好吧，就像我们在学校时常说的那样，失败是常有之事[3]。戴夫和米奇绕回来了，嘴里哼着《蓝色多瑙河》。

"确认了吗，玛丽恩？"

---

1 原文为法语。

2 英国一所著名艺术学院，建于1932年，在艺术史和文物修复与收藏领域声名显著。其学院画廊，是英国最受欢迎的收藏品画廊之一。

3 此处作者将俗语 "You win something, you lose something"（胜败都是常事），化用为了 "You lose something, you lose something"（失败是常有之事）。

"他确实是法国人，"她答道，再次微笑着，"不过英语好极了。"

"嘿，嘿，欧耶，"戴夫结结巴巴大声喊着，"陶特—汉姆—奥特—斯珀¹。米歇尔—贾直²。鲍比—莫瑞³。让我琴琴（亲亲）你的双峡（颊）。"

很不幸，他没能亲上。那个门卫已经走上楼来，左手还拿着那本"黑色系列"的小说，他把我们赶出了博物馆。

我们去了一家酒吧，喝了几杯。尽管戴夫聊天的方式很奇怪，句子里总会夹杂着很多法式口音（或者如他所说，是弗朗什口音）很重的人名，并伴随着许多夸张的手势，但渐渐地，我们还是解决了谁是法国人谁是英国人的问题，打成一片。玛丽恩的举止倒没什么特别，她无论在说什么，都一如既往的沉静。而米奇最让人捉摸不透：他自负，有魅力，争强好胜，又有点儿小狡黠。他喜欢假装自己很无知，故意套你的话，直到摸清你的底牌。和他这样的人相处，我会不自觉地表现得有些学究和拘谨，还有些冷嘲热讽，但绝对正直。

"我听说……呃……你一直在研究莫罗？"我踟蹰地迈出示好的第一步。

"其实更多的时候，像是他在研究我。夹头过背摔，抱举重摔。

---

1 即托特纳姆热刺（Tottenham Hotspur）足球俱乐部。

2 即米歇尔·雅齐（Michel Jazy），法国中长跑运动员。

3 即博比·摩尔（Bobby Moore），英国足球运动员，曾带领英国国家队夺得1966年世界杯冠军。

当有这样一份重量压在头顶的时候，你自然就屈服了。"

戴夫看起来跃跃欲试，也想提出自己的看法，但是他实在想不明白绘画和摔跤手有什么关系。

"那你为什么不喜欢他？"

"像我之前说过的，那些东西不过是学院派的意淫，不对吗？我的意思是，学院派象征主义，这概念太他妈荒唐可笑了，不是吗？"

"一种矛盾修饰法[1]。"

"我喜欢最后那部分[2]。不过他还是太缺乏想象力了。他很聪明，技法不错，也肯画，还很古怪，我承认这些。但他的画还是太僵硬了。就比如他的用色，乍看让人觉得明亮又不可思议，可实际上如果你认真看，会发现它们沉闷又了无生气。"

"不像……"

"不像雷东，一点儿也不像。"

"雷东，"戴夫又嚷道，"雷东，牛井（津）。班布（伯）里，伯明哈姆（翰）。改变，改变。"他打了一声口哨，非常开心。

"那你为什么要研究他呢？"

"当然是为了资助啦，伙计，资助。都是因为有了它，我才能到这里来……啊啊啊——"他喉咙里发出咯咯的哀鸣，手抓着胸口，好像受了重伤。戴夫凑到他身边，把耳朵贴在他胸口上。

---

1 矛盾修饰法（oxymoron），是指将两个彼此矛盾、互不调和的词放在一个短语中，产生特殊深意的修辞手法。这里矛盾的两词是"学院派"和"象征主义"，象征主义最早源于对古典学院派的叛逆。

2 即"oxymoron"的后半部分"moron"，"傻瓜，笨蛋"的意思。

"医生，你必须告诉我，"米奇艰难地喘着气说，"一定要告诉我，我的伤严重吗？"

戴夫翻开米奇一边的眼皮看了看，在他脸蛋上拍了几下，又去听他的心跳。玛丽恩面无表情地看着他们。戴夫皱了皱眉头。

"好吧，你是个聪明人，我想你应该能面对现实。情况确实相当严重，但也许还不致命。你的钱包装错了地方，信用卡被压坏了，你的资金外流出了问题。不过，我想我可以给你安个塞子堵住。"

"谢谢你，医生，你真是个好哥们儿。除了你，我没有其他人可以依靠了。"他们停下来看着我，我什么也没说，只想知道他们接下来要搞什么名堂。

"你应该明白，"戴夫继续说，"你患了严重的酒精缺乏症。"

"噢，不，医生，你是说，我应该……"

"恐怕是的，这是我长期以来见过的最严重的病例了。你看看这个吧。"他举起米奇空空的酒杯。

"不，不，我不要，我不能！"米奇双手捂着脑袋，大叫起来。

"你得看，"戴夫坚定地说，"你必须面对现实。"他慢慢地把米奇的手从脑袋上掰开，把空酒杯举到"病人"眼前。米奇吓晕了过去。

我恍然大悟。要不是一直在看他们的表演，我早该弄明白是怎么回事了。他们是在逼我掏腰包请客呢。

4 幸福的夫妻

当我没有跟安妮克在一起时，或者不是独自漫步街头，观察那些不羁者——急脾气的修女，读着《世界报》的流浪汉，用手摇风琴奏出巨大哀伤的卖艺人——的生活时，都是跟米奇、戴夫和玛丽恩在一起。只短短一个月的相处，他们三人就成了形影不离的好友，这让我不禁把他们和《祖与占》[1]中的三人作起比较。米奇的回答坦率得令人不安，他说他早就把自己代入让娜·莫罗饰演的角色了。没错，他是那个教唆者和挑拨者，故意让另外两人为了博取他的关注而竞争。但那两人采用了完全不同的竞争方式。戴夫靠积极参与，玛丽恩则是假装疏离。我不清楚自己在扮演什么角色，只是跟着他们在各家咖啡馆里进进出出，一次又一次地去拜访居斯塔夫·莫罗国立博物馆（门卫从没认出过我们）。有时候会心血来潮地来场短

---

1 由法国导演弗朗索瓦·特吕弗执导的爱情片。1962 年在法国上映。讲述一个德国人（奥斯卡·威内尔饰演）和一个法国人（亨利·赛尔饰演）在巴黎结识，他们因意趣相投成了挚友，但也爱上了同一个女孩（让娜·莫罗饰演），而这个女孩又不愿意在他们两人之中作出抉择的故事。

途旅行，离开巴黎去到博斯的边界，或者更疯地跑到努瓦谢勒去看那座梦幻缤纷的巧克力工厂。

玛丽恩的父母以为她正在巴黎修一门暑期课，主办方出于法式的谦逊，将课程命名为"文明"。内容包括：阅读大量笛卡尔的原典，聆听解析《拿破仑法典》的讲座，参加拉莫的音乐作品欣赏会，以及去凡尔赛和塞夫勒参观旅行。玛丽恩常常要找借口向父母说明她为什么没待在上课的地方，跟我吃午饭就成了一个很方便的理由。

我们开始每隔几天就在共和国广场（坐到十字架之女地铁站）附近一家叫作"小公鸡"的咖啡馆见面，一起享用一种长长的、有小腊肠犬那么大的管状三明治。这不是出轨，我们见面无关恋爱，只是因为各自刚好有时间。我们常常一起讨论米奇和戴夫。我尝试用刚学会的坦诚，煞有介事地从各个角度剖析自己对他们的看法。玛丽恩在评论别人的时候比我更慎重，也更宽容。我发现她的想法非常实在，她总能敏锐地看穿各种愚昧和自命不凡。和她聊天很愉快，但是她也有个折磨人的习惯，总是喜欢追问那些我以为自己已经逃开了、在回英国前都不需要面对的问题。

"你有什么打算？"在我们一起吃第三顿还是第四顿午饭时，她这么问道。

（有什么打算？我一会儿有什么打算？她是什么意思？是想引诱我吗？当然，这种事不会发生在这里。虽然她今天很漂亮，男孩子气的短发刚洗过，一袭粉棕色的连衣裙恰到好处地衬托出玲珑有致的身体。有什么打算？她不会真的想……）

"你是想问……我以后的……人生规划吗？"我干笑几声，等待她也加入。

"当然，有什么好笑的吗？"

"呃，好笑之处在于，你是同龄人里第一个这么问我的。听起来……很像一个长辈。"

"抱歉，我并没想用长辈的口吻，仅仅是好奇。不知道你有没有向自己问过这个问题？"

我确实没必要这么问自己，因为从小到大总有什么人会问我这个问题。当我还是孩子的时候，这个问题总会自上而下落到头上，伴随着圣诞节橘黄色的十先令纸币、靴子纪念币、奇怪的粉末和香气，以及突如其来的一下猛拍。到了少年时代，这个问题的发问视角变了，却仍是自上而下丢来。发问者变成那些满嘴"学生守则"和"人生准则"的老师们，他们说起某条某款时的语气，好像那是特种部队的作战条令似的。最后，当我上了大学后，这个问题开始从水平方向袭来。从餐桌上一起分享葡萄酒的父母那里，从大讲荤段子的导师那里，还有一次，是从一个相信这个问题有禁欲药效的女孩那里。我想知道，什么时候视角可以再转变一下，让我也能居高临下地俯瞰这个问题？

"你看，我承认我的问题在于没什么长远规划。事实上有很多工作我都愿意干一辈子。比如我不介意当英国广播公司的老板，业余的时间再开一家自己的出版公司和一座画廊，当然，还要抽空去指挥皇家爱乐乐团。另外，我也不介意当个将军，或者内阁成员什么的，虽然我可能会把它们先搁进备用方案里，万一其他方案都失败了再拿出来。我也很想运营一艘横跨海峡的渡轮，当建筑师也不错。你可能觉得我是在开玩笑，不过说实话，我是很认真的。"

玛丽恩只是默默看着我，脸上不耐烦地笑着。

"嗯，可能有一点儿玩笑的成分，不过是认真的。另外一个问题是，有时我觉得自己的身心和实际年龄不符。你有过这种感觉吗？"

"没有过。"

"我想说，你也许觉得我很不成熟，但实际上，我这年纪确实总让自己不舒服。有些时候，也许有点儿好笑，我希望我是一个六十五岁但还精力充沛的老头。你没有过这种想法吗？"

"没有过。"

"这就像每个人其实都有一段渴望的金色年华，只有在那个年龄段里，他们才能真正感到自在。我以为对大部分人而言，这个年纪是在二十五到三十五岁之间。因此很多时候，他们并不会遇上这样的问题，或者即便是遇上了，也常常会误以为是其他的缘故：比如，过了三十五岁后，他们会以为自己的不快和愠怒都是由步入中年，衰老和死亡已在眼前引起的。可实际上，这也是因为他们已经度过了自己的金色年华。"

"真是古怪的想法，原来你一直向往过夜里拥着热水袋、白天在石子路上来回遛弯的生活吗？"

"我说了，是一个六十五岁但还精力充沛的老头。"

"哦，那就是过在乡间到处溜达，在火炉旁读着皮科克[1]，还有一群可爱儿孙绕膝，给你做松饼吃的日子吗？"

"我不知道，我没想象过具体的画面，那只是一种偶尔会出现

1　托马斯·洛夫·皮科克（1785—1866），英国小说家、诗人，雪莱的好友。代表作为《爱情的坟墓》。

的感觉。"

"也许你只是不敢面对为谋生要付出的努力。"

"为什么你认为谋生就必须努力呢?"(哈,我绝不会让她轻易逃过这个问题的,因为她一直想当个公务员什么的。)

"那你说,不努力的话,你打算怎么供养妻子和孩子?"

"他们在哪儿呢?在哪儿呢?"我故意做出一副惊慌失措的样子,晃着脑袋四处张望着。在我大脑中能浮现出的最真实的画面里,只有两个脚上穿着"圣洁一步"[1]童鞋,肩上背着小书包,正盯着眼前长路的孩子。没有妻子,完全没有。玛丽恩以为我会怎么回答呢?如果她想,她完全可以不在意。"给我点儿时间,给我点儿时间。"

"为什么?"(好笑的是,她的态度一点儿也不咄咄逼人,非常友好亲切,就是纠缠不休。)

"我才二十一岁,我是说,我还……"

"还什么?"

"还要谈几段恋爱。"

"几段?"

"当然,我不是说同时谈几段。"

"为什么不呢?"(为什么我永远想不到对话会朝哪个方向发展下去?)

"呃,我想我也许已经背弃了基督徒的性守则,但还是坚信一时只能忠于一人。"

"这话可真滑稽。难道婚姻就不是一段恋爱关系吗?"

---

1 英国著名童鞋品牌"Start-Rite"。

"当然是了，怎么了？"

"你刚才说你要先谈几段恋爱再结婚。"

"我没说我要结婚。"

"好吧，严格来说，你是没说。"（妈的，我确实没说。）

"但是？"

她把头转向一边，收拾起盘子里的面包屑。过了一会儿，又抬起头来。为什么每次别人要说刺耳的话之前，我们总能预先察觉？

"但是你还没离经叛道到能不结婚。"

"怎么说，这取决于……"

"是不是在对的时间遇到对的女孩，并且性价比不错？"

"对，我想是这样。"

"你相信吗？我敢说这种情况并不罕见，或者说，你在回想的时候会觉得，当时就是这样的。可实际上，真正促成婚姻的，通常是其他东西，不是吗？"

"……？"

"机遇，有人搭伙吃饭，想要孩子……"

"没错，我觉得是这样。"

"……对衰老和占有欲的恐惧。我不知道。我觉得另一大原因是人们不愿意承认，自己一生未婚是由于这辈子没足够努力去爱。一种错位的理想主义，真的，一份想要证明自己有能力获得完整的人生体验的决心。"

"你知道吗，你远比我以为的自己还更有质疑精神。"

这很特别。听一个女孩用男人们严肃强硬的交流方式来讨论这类事。这些言论你自己也是半信半疑的，但它们在许多时候又是不可或缺的。（安妮克从来不会这样说话，我觉得她有一种独特的坦诚。）而玛丽恩交谈时从不虚张声势，总表现得好像她只是在做什么简单又无可置疑的常规观察。她又冲着我微笑地说：

"我不觉得自己愤世嫉俗，如果你说我有质疑精神是想暗示这个。"

"但是你肯定读过拉罗什富科[1]那句话——'有些人……'[2]"

"我明白你的意思了，可我没看到过那句话，我只是在说自己观察到的东西。"（她凑过来注视着我，我们挨得很近，从这个角度看，她很漂亮。）"我来这里之前，有一个朋友刚结婚。她跟我一样大，她男友大约三十岁。结婚前那星期，我们三个本来约好要一起去看电影。可是她突然感冒了还是怎么的，去不了，所以最后只有我和她男友两人去了。那天分别之前，我们谈到婚姻，他告诉我他非常憧憬婚后的生活，虽然他猜他们的日子注定会起起落落、磕磕绊绊，但还是相信最终一切都会好的。总之就是那些他们经常提到的东西。然后他又说：'但坦白地讲，我们彼此显然没有多爱对方。'"

"你当时什么反应？"

"我听到时吃了一惊，一方面是因为他马上就要跟我朋友结婚

1　弗朗索瓦·德·拉罗什富科（1613—1680），17 世纪法国箴言作家，贵族。年轻时曾是一名狂热的投石党人，多次参与军事活动，负伤。他在工作之余博览群书，参加各种文艺沙龙活动，把沙龙中的机智箴言记录下来，编撰成一部庞杂的作品《箴言集》，这本书集中表现出他愤世嫉俗的悲观主义思想，哈代、尼采和纪德都深受其影响。

2　原文为法语。

了，不过更主要的原因是，我很难相信有人在步入婚姻殿堂之前，能够不先说服自己相信他爱得多热烈。"

"你告诉你朋友了吗？"

"没有，因为我认真想过之后，发现自己一点儿也不吃惊了，反而觉得他能说出来，挺令人佩服的。我朋友也许也有类似的想法，只是没说出口罢了。总之，他们俩都是很理智的人，既不蠢，也不是会随便妥协的类型，所以我觉得自己没权利干涉他们。"

"确实。"

"不过后来，我看到他们在婚礼上和其他幸福的夫妻没两样时，又突然很震撼，想，也许其他看起来甜蜜的夫妻也和他们一样有类似的想法。"

"你知道，有些事不能光靠逻辑推理。"

"没错，但可以靠观察。"

"好吧，也许是吧。"

我没有任何立场能够反驳，甚至一点儿供参考的个人经验都没有。

一阵沉默，仿佛刚才的对话里有什么之前难以挑明的东西，此刻正在渗入我们周身的空气。我看着她，第一次注意到她眼睛的颜色——一种深邃的青灰色，是被雨水洗刷过的法式屋顶的颜色。这次，她没在微笑。

"刚才的对话没别的意思。"她突然说。

"你在说什么？"

"我是说，如果你感到有压力，没准是觉得我喜欢你。"

"……"

"纯粹出于好奇，我很想知道，她是个什么样的人？我是说，你说的那个你正在交往的女孩。"

"用'你说的'听着有点儿怪。安妮克。"

"安妮克。"

我该说什么呢？此刻我觉得对安妮克进行任何描述都是一种背叛，可如果不说点儿什么，又显得我像羞于提起她，就连片刻的犹豫，都好像是在为平复内心而作掩饰。

"你不一定要告诉我，毕竟，这跟我一点儿关系都没有。"

"不，不，我想说，我真的不介意。她……非常直率，而且……嗯，比较情绪化，还有……"（天哪，还有什么？）"……还有，我从不对她撒谎。"

"很好。"玛丽恩已经起身，把手伸进钱包，准备付她那份午饭钱，"别紧张，我并没想让你尴尬。"

我发现，自己的脸，红得厉害。当玛丽恩要我形容下安妮克时，不知为什么，我只能想起她在我身下情动时的脸。另外，我还突然发现，跟她在一起的感受很难翻译成英语来描述。

"我没有尴尬，只是……"

她在桌上扔下几法郎，扬长而去。我狼吞虎咽地吃完自己剩下的面包，很大的一块，没加盐，湿乎乎的，蓬松而多孔。接着想赶快解决掉杯里最后一点儿咖啡，却呛了一嘴咖啡渣。我为什么这么沮丧？我喜欢上玛丽恩了吗？为什么我不想让她走？倘若那样，可就有问题了——同时喜欢上两个女孩。如果她们都喜欢我该怎么办？不过她喜欢我吗？一对漂亮的乳房，我低声自语道。实话说，我并不真的清楚它们到底漂亮还是丑陋。不，我知道，我当然知道。它们在那儿，它们一定很漂亮。它们藏在那副诱人的胸罩里，它的挂钩好好地扣在背上，有弹力的肩带在衣服里若隐若现。它们很漂亮，因为它们似乎在暗示，你只要准备好，就有机会得到它们。

不过我只是在自作多情罢了。我对玛丽恩最大的印象是她非常直率单纯。她浑身上下都散发着一种健康的活力。在她面前，我即便是在说真话，也会隐隐觉得自己不够诚实。不过，安妮克也会让我这样。这只是个巧合吗？还是所有女孩都会让人产生这样的感觉？我怎样才能弄清楚呢？

我付了账，散步（虽然独自一人很别扭）到共和国广场。大仲马曾在这儿建造了他的历史剧院，专门上演自己的剧目。起初，公众们排两天的长队，就为看他开幕之夜的演出。他大获成功。然而十年后，这个项目却让他破了产。历史上好像再也没有出现过那样的时代，或者说，那样的雄心。大仲马常常把马骑进马厩，然后双手抓住房梁，用双腿紧紧夹住马，把它提起来。他还声称要生 365 个私生子，让他们遍布世界各地：用一年时间，每天制造一个孩子。这种精力让人胆战心惊。可是，我下地铁时却想，和那个时代比，世界的规模和价值标准都早就变了。最起码，在现下有私生子可不再是什么光彩的事情。

5 我喜欢你

描述和安妮克的关系让我不自在的另一个原因是：我从没向她提起过玛丽恩。她知道我有三个英国朋友[1]，但不知道他们是男是女，也不知道我和玛丽恩的一对一午餐。这些东西有必要告诉她吗？但如果没必要，我为什么会感觉心虚呢？这是因为我心中有爱意或愧疚在作祟吗，又或者只是单纯的异性相吸的缘故？那时我不明白：为什么既然"情感"是你感知到的东西，你却没法分辨它们？

我不知道该用什么方式让安妮克知道玛丽恩的存在。只简述事实的话，听上去会很荒唐；而且真这么干了，即使说的都是实话，听着也像谎话。所以，一定要在不经意间让她知道才好。我反反复复练习用法语对自己说：我的那个英国女孩朋友、一个英国女孩朋友、这个英国女孩朋友。想通过强调国籍来降低其他因素可能会带来的不快。

某天早餐（两碗咖啡和用烤箱加热过的昨天的剩面包）时，有

---

1 原文为法语。

一个不错的机会。我们讨论晚上干什么，安妮克提到梅尔维尔[1]的新电影。

"哦，对了，"我漫不经心地说，"我的那个英国女孩朋友看过这部片子。她（轻轻松松地点出性别）觉得很不错。"（玛丽恩其实根本没看过这部电影，真该死，为了说实话而要先撒谎，我怎么堕落到这种地步了？）

"好呀，那我们去看吗？"

我认为最好再说得清楚点儿。

"去吧，我的那个英国女孩朋友觉得真的很不错。"

"嗯，那就这么定了。"

然而我的目的还没达到，想解决的问题毫无进展。

"我那个英国女孩朋友……"

"你想告诉我什么吗？"

"……？"

"你说的是那个聪明的英国人？"安妮克点起她早餐期间的第二支烟。天哪，她的嘴角拉了下来，非常使劲儿地猛吸了两口。以前我从没在她脸上见过这种表情，这是第一次。

"什么？不。你在说什么？"

"你是不是想告诉我什么？"

"呃……这……这部电影……据说非常好。"

"嗯嗯。你怎么知道的？"

1　让－皮埃尔·梅尔维尔（1917—1973），法国著名导演、编剧、制片人。代表作有《影子部队》《可怕的孩子们》。

"哦，一个朋友告诉我的。"

再次抹掉了性别，错失良机。我并没能表现得轻松随意，最后反显得慌里慌张，鬼鬼祟祟。

"你刚才是不是提到一个英国女孩朋友？"

"唔……嗯，是的，我确实提到了。怎么，你就没有法国的男孩朋友吗？"（表现出太强的敌对感了。）

"当然有了，但我一般不会连续提起一个人三次，除非我想说什么关于他的事。"

"嗯，我觉得我想说的，关于我的那个……那个英国朋友的事是……她是我的一个朋友。"

"你是说，你跟她上床了？"安妮克捻灭了香烟，瞪着我。

"不，当然没有，我跟你上床。"

"确实，我知道啊，但我们又没有二十四小时都待在一起。"

"我没有……背叛你。"（我当时没能想起"出轨"这个词；不知为什么，脑子里只现出了"通奸"[1]，真是个糟糕的暗示。）

"我们在学校里学过，阿尔比恩人[2]总是背信弃义。"

"那我们的课本还告诉我们，法国人总爱毫无原因地瞎吃醋。"

"但你不就在告诉我原因吗？"

"当然不是。我……"

"你什么？"

我本来要说"我爱你"，但是没能说出口。毕竟，我还没充分

1　原文为法语。

2　阿尔比恩（Albion）是大不列颠岛的古称，也是该岛已知最古老的名称。

考虑过这件事；我不想因为情势所迫，就顺势说出那些我认为应该冷静认真考虑后，才能说出口的话。

所以，我减了气势：

"你知道，我喜欢你。"[1]

"当然啦！你确实喜欢我。多有理性，多有分寸，真是一个英国人。你这口吻，听着就像我们已经认识二十年了，而不是短短几个星期。该死的，为什么你非要把感情掂量得这么准确？为什么你要用这种方式告诉我你已经腻了？为什么不给我写封信？那样最好，给我写封信吧，最正式的那种，然后让你的秘书签字盖章。"

她停顿了一下。我不知道该说什么好，我竟然因为诚实而受指责，多讽刺啊。之前从来没有一个女孩对我发过这么大的火。这些始料不及的强烈情绪让我很无措。但与此同时，她的爆发又让我感到一种突如其来的自得：得意于自己对生活的参与，得意于自己对他人产生的影响。尽管安妮克的愤怒与痛苦，都是源于我拙劣表达引起的误解；但此刻它们都是属于我的，是我的一部分，是我独有的人生经验。

"对不起。"

"你根本一点儿诚意都没有。"

"我向你道歉，不是因为我犯了错，而是因为我让你误解了我的意思。我很抱歉，因为你一直努力教我怎样准确地表达自己的感受，所以我没法满足你的要求，没法在没有足够坚实感情基础的情况下，就说出一些过分的甜言蜜语。"这话并不完全诚实，但基本

---

1 原文为法语。

是真的。

"我以为我是在教你真诚，而不是残忍。"

我想这是一句非常法式的表达（我在她的步步猛攻下又退回到了英国人的冷漠里）。这时候，我突然注意到另一件要命的事——她哭了。

"别哭。"我说这句话时语气之温柔连自己都很惊讶。她继续哭着。我盯着她的脸，情不自禁地想，虽然都是我的错，但她现在的模样看着多糟啊：那嘴唇让人没心思亲吻，脸颊边的头发因为泪水而黏作了一团，面部扭曲着，眼底突然添上了眼袋，眼角挣出了鱼尾纹。我不知道该怎么办。我站起身，走到她坐的桌子一边（顺手把黄油推到了她松散的头发碰不到的地方），非常笨拙地半曲着膝。我不能站着抱她，那样会显得自己好像高她一等；也不能完全跪下去，那样太卑躬屈膝了。所以最后我决定半蹲着，让手臂刚好能圈住她的肩。

"你为什么哭？"我蠢兮兮地问道。

安妮克没有回答。她一边哭，肩膀一边上下起伏着：我不知道这只是因为她哭得太厉害了，还是她想把我搂着她的胳膊甩开？该怎么分辨？我觉得现在应该体贴一点儿，却只会沉默地傻蹲着。这让气氛变得更加凝重。

"你哭是因为我提到那个女孩吗？"

没有回应。

"是因为你觉得我不够爱你吗？"

没有回应，我不知该如何是好。

"还是因为你爱我？"

这总是一种可能吧，我想。

这时，安妮克从我的臂弯中挣脱了出去，站起身。不等我从尴尬的蹲姿中直起腿，她已经拿起桌上的包，一眼没看她带来的那份《快报》，匆匆走了。为什么她走的时候我没能看到她的脸？我想着。为什么她一直低着头，用头发遮住脸？她有没有读完那份《快报》？她为什么就这么走了？她是真的走了吗，还只是去上班了？我怎么才能搞清楚？我不可能打电话去她的办公室，让她说清楚她的"离开"到底是哪一种"离开"。我走向老虎机，往里面投了一两枚旧法郎。失败是常有之事。此刻，我觉得自己很像亨弗莱·鲍嘉[1]。

为了转换心情，这一天余下的时间里，我让自己沉浸在工作中。不过我没去法国国家图书馆，在那儿或许会碰到安妮克，而是去了法国国家大剧院博物馆。我在那儿花了几个小时，浏览了大量法国19世纪20年代我几乎都叫不出名字的女演员们的资料，我渐渐感觉良心好过了些，在两性交往中受挫的自尊也被安抚了。也许对我而言，和那些早已故去的印刷品上的女郎相处，才是最轻松的。

当我匆匆一瞥，在视线中见到其他真人后，心情又低落下去。我不经意地走到了雷克斯-阿尔罕布拉展区，那里正在举办加里·库珀[2]电影节。晃荡了几个小时后，虚构的世界让我重新振作了起来，我觉得可以回公寓了。她也许已经回去了，正准备告诉我，早上真是误解我了。然后我们就一起上床（书里说，情侣吵架后常会变得

1　亨弗莱·鲍嘉（1899—1957），美国著名男演员。代表作有《马耳他之鹰》和《卡萨布兰卡》。

2　加里·库珀（1901—1961），美国著名男演员，曾经5次获得奥斯卡最佳男主角奖提名，最终2次获奖。1961年被授予奥斯卡终身成就奖。

更浓情蜜意）。或者，她可能正躺在床上，手里握着一把枪或一把刀子等着我（法式餐具似乎就是为情杀而发明的）。又或者，她给我留了一张纸条，甚至一份礼物，谁知道呢？

可是，什么也没有。公寓还是我离开时的模样。我不断试图搜寻能证明安妮克悄悄回来过的蛛丝马迹，她也许回来拿过东西，也许清理了一下自己的物品，又或者给我留下了什么能想起她的纪念物。可是，没有。那根抽了一半的烟仍搁在她吃早餐的盘子里，又弯又皱，像一节蜷起来的手指。她一定会为了什么再回来一趟，可是这里其实没什么她的物品，她过夜用的东西都装在了手提包里。但她带走了钥匙，所以她也许还会回来。

那天晚上，我独自去看了那部我们说好去看的梅尔维尔的电影。我在电影院的前厅里晃了很久，直到电影开场十分钟后，才焦急地走进放映厅。可这焦急，却并没能消除失望；我并不喜欢那部电影。

第二天早上，我在信箱里找到了房门钥匙，它被用透明胶带粘在一块硬纸板上。我翻遍信封每个角落，其余什么东西也没找到。

我在那儿坐了一会儿，想着安妮克。我有多爱她？我爱她吗？还是孩子的时候，我白发苍苍、身材丰满、很会照顾鸭子的奶奶总是喜欢抱着我们三兄妹问："你们有多爱奶奶？"这时，我们仨总会把双臂展开到最大，然后稍稍竖起指尖回答说："这么多。"

可是，有没有一种更加精确的能用来衡量爱的标准呢？难道只有那些天长地久或者海誓山盟才算表达爱吗？何况，衡量一件东西必须有参照的对象。那样的话，该如何评价初恋呢？我本来可以告诉安妮克，我爱她，胜过爱我妈妈。或者，我也可以告诉她，她是我交往过的所有女孩中，床上功夫最棒的。但这些赞美都毫无价值。

好吧，还是回到那个最单纯的问题上来，我爱她吗？

答案取决于你怎么定义"爱"。它的分界线在哪儿？什么时候才算由"我喜欢你"变成了"我爱你"？一种简单的回答是，当你坠入爱河时自然会知道，因为在那种情况下，你忽视不了那种感觉，就像你的房子起火了，你不可能完全无动于衷。但是，这就是麻烦所在：想要描述这种现象，你得到的不是某种循环论证就是一组隐喻。热恋会让人产生如步云端的快乐吗？还是说，人们认为热恋会让自己产生如步云端的快乐，所以他们感受到了这种快乐？又或者说人们仅仅是认为在热恋中，应该让自己感受到一种如步云端的快乐？

迟疑并不代表缺乏感触，而只是还没有找到恰当的词汇能描述心中的感触（这也可能是我和玛丽恩那场对谈留下的后遗症）。如何使用词语会或多或少影响到人的情感吗？我当初是不是应该直接说"我爱你"（谁能指责我没在讲实话呢）？有时言语也能促成行动。

这是我攥着钥匙坐在信箱旁的所有所思所想。

我发现即便只这样在语义层面上推演了一下，我就亢奋起来了。

所以，或许我真的爱她？

这之后，我再也没见过她。

安妮克走后，我想方设法避开了"我的英国朋友们"，重拾了，或者起码是假装找回了对研究课题的热诚和兴趣。每天准时到法国国家图书馆报到，埋首于庞杂的文献中，机械地把有用的信息抄录到索引卡上。我研究的这个课题只需要踏实苦干和一丁点儿搜索资料的天赋，熟悉了图书馆的目录，就等于成功了一半；不太需要原创性的思考，只需要有能力整合他人的成果就行。这都是我最初计划中的一部分：找点儿事做，但不需耗尽宝贵的脑力，同时还确保自己有大量的闲暇时间。

实际上，我的生活又回到了初到巴黎时的样子。我重新捡起荒废了一段时间的记忆练习。在练习的过程中，我写了一系列散文诗，把它们取名为《解闷集》。里面包括了都市寓言、嘲讽性的人物速写、晦涩的韵诗和白描小段，它们渐渐构筑出了一座城市的面貌，晕染出了一个人物的形象，也许还有一些别的什么，谁知道呢。这些作品受到哪些其他作品的启发我都清楚地写在了标题里。不过我对自己辩解道，这不是在单纯地临摹或戏仿，而是在寻求和那些作品的共鸣，这是二十世纪文学最重要的手法。

我又开始根据偶然性原则随手画些画，希望可以用来当《解闷集》的插图。假如有朝一日它被出版的话（我并不是说想出版它——被写下来之时，它便已经存在，会不会被别人发现并不重要）。我去看自己能找到的最严肃的电影。跟安妮克在一起时，为了迁就彼此，我们通常会选择看些比较轻松的电影：西部片，怀旧片，或者贝尔蒙多[1]的新片。一个人时，你才好像能真正做些事情：比如，在本子上记下电影对白而不觉得尴尬；走出影院后，可以继续在脑海中回味影片，不需要立刻想出什么机智的评论。我开始购买《电影笔记》杂志。

我不停地读书，还开始做饭，尝试学做了几道法国菜。我付了

1　让－保罗·贝尔蒙多（1933—　），法国著名男演员，新浪潮电影的代表人物。在20世纪60年代至80年代初红极一时，塑造了许多令人难忘的法国形象。2016年获得了威尼斯国际电影节金狮奖。代表作有《断了气》《里奥追踪》。

一星期的钱，租了一辆索莱克斯 [1]，骑着它一路突突响地去了趟索镇和万塞讷。我感觉自己过得非常开心。但每当有人敲门时，还是会胸口一紧，想着："是安妮克吗？"

可从来都不是她。有一次是一个邻居问我有没有伟图水，她说购物时忘记买了，又抱怨了几句她拖着一把老骨头爬楼梯很辛苦什么的……有一次是休伊特太太，她上三楼来叫我下去接电话，说是从英国打来的，好像是急事（她暗示可能是有谁过世了）。我接起电话，爸爸告诉我他已经等了五分钟（休伊特太太上楼梯慢得要命），白白浪费了许多电话费，但不管怎么样吧，"生日快乐"。啊，我都完全忘了。

还有一次，是在半夜里，在我离开巴黎前的一周。那一次的敲门声很特别，更确切地说，那是一段悠扬的小调。指关节打着节拍，配着指尖的轻敲和用口哨吹出的背景旋律。起初我很惊慌，以为是音乐劫匪 [2]，但渐渐听出那是一首《天佑女王》；于是开了门，看到米奇、玛丽恩和戴夫。玛丽恩靠在楼梯的扶手上，很漂亮，正安静地用目光探询着我。米奇拿出一把包在卷筒纸里的梳子，为我"演奏"了一曲《友谊地久天长》。戴夫好像在特意戏仿法国佬的装扮，穿了一件蓝白横条纹的针织衫，戴着一顶贝雷帽，梳了两撇细细的八字胡。他胳膊里夹着一条法棍，嘴里正嚼着大蒜。当他走上前亲吻我的双颊时，面包和大蒜以各自不同的方式袭击了我。

1　法国电动自行车品牌，这里指电动自行车。

2　这类劫匪会在居民门外播放音乐，引住户好奇开门，趁机入室抢劫。

"泡比·茶顿[1]，夹葛·茶顿[2]，世界杯，吃货先生，天用（佑）女王。"

米奇悠然地哼完了小调。玛丽恩笑了，我也笑了。他们不知道他们刚才做了什么，但我内心完全释然了。我们走进公寓，为了庆祝，我取下了一瓶卡法多斯。戴夫和米奇推测着我失踪的原因，玛丽恩仍然只是在一旁微笑地看着我们。

"他可能生病了。"

"我看他健康得很，可能是心情不好。"[3]

"但他没噘着嘴，我猜是工作太辛苦了。"[4]

"也可能是被他的小妞儿甩了。"

我瞥了一眼玛丽恩。

"很可能。"戴夫说。接着他们给我合唱了那首切瓦力亚[5]的《感谢上帝创造了可爱的小女孩》[6]，并且戴夫还把他的法棍当小提琴拉起伴奏。

我会心地笑了。

看到我笑了，玛丽恩也笑了。

1　即博比·查尔顿（Bobby Charlton, 1937— ），英国足球运动员，曼联俱乐部的"神圣三杰"之一。

2　即杰克·查尔顿（Jack Charlton, 1935— ），英国足球运动员，著名后卫。

3　原文为法语。

4　原文为法语。

5　莫里斯·切瓦力亚（1888—1972），法国演员、歌手。曾获奥斯卡特别成就奖。

6　爱情喜剧《金粉世界》中的插曲。

6　客体关系

比扬古和证券交易所——它们现在还重要吗？如果你问1968年我做了什么，我会告诉你：我在写论文（我发现了几封雨果和柯勒律治讨论诗剧本质的通信，之前没什么人注意到，后来，我把论文发表在了《现代语言季刊》上）；恋爱，并为之心碎；提升法语水平；写了一本语言优雅简洁的小册子，后来以手写本的形式出版了；画了一些画，交了一些朋友；邂逅了我的妻子。

如果我在离开英国之前就预知会发生的一切，一定会惴惴不安。惴惴不安，刻骨铭心，也许，还有一点点失望。这些都是一个人能拥有的真实宝贵的经历。可是我当初出发时，也许还怀揣着什么更远大的憧憬。我在追求些什么？首先，是想对自我有更加清晰、复杂、多面的认知。其次，我还梦想能找到将艺术与生活有机融合的诀窍。这种说法听上去是不是太天真了？不过，往往越大的问题，听上去就越天真可笑啊。这是我唯一真正感兴趣的课题。早在我和托尼在国家美术馆做那些小实验时，就很感兴趣。"有人说生活是一件件事情，可我认为生活是阅读。"——我们都认同这样想会有某种负罪感，因为我们害怕自己对艺术的热情正是源于"生活"的空虚。这两个概念是如何互动的呢？它们之间的平衡点又在哪儿？它们是否像我们以为的那样，能绝对分清楚？生活可不可以是一件艺术品，或者说艺术会不会是一种更高形式的生活？还是说，艺术其实仅仅是一种高档的娱乐活动，是那些没有宗教信仰的人强加于我们的虚假的精神认可？生活终结了，但艺术不也就终结了吗？

我坐在那把会嘎吱响的藤椅上，等待着动身的时刻。在这里待半小时，再到火车北站等半小时，这样比整整一个小时都在同一个地方，让孤独和无所事事盘踞脑海强。要么继续前进，去寻找其他美好的事物，要么彻底停下来，好好地休息。

我的两个行李箱差不多重，此刻正整整齐齐并排放在门边。我最后环顾了一遍房间，有些难过，但又隐隐为这难过而自得。它们全都是我的人生经历，不是吗？全都是我存在的证明，不是吗？不是吗？

床的左半边，在那里我失掉了童贞。即便如今说起这件事时，我的语气还是会不禁变温柔。我在心里想象着，伸出双臂拥抱了自己一秒，然后松开。安妮克，她在床上，行动着，回应着，索求着，指责着，原谅了，最后消失不见。我们本来还可以……做朋友的。我已经一个多月没见过她了。

我留下了一排书，主要是一些袖珍本，因为被翻来翻去，封面上的玻璃纸已经从被蹂躏到凹陷的书脊处开始脱落。这排书的上面挂着一幅房东画的画，早期立体派的用色中透着一股德兰式[1]的欢欣。算不上一幅很杰出的作品，我最后一次这么想。随后，微笑地望着自己留在桌上的离别礼物——一幅忠实地描摹这屋窗外景色的素描：对面屋顶上的每一块盖顶石都清晰可认，每一根电视天线都历历能辨，街头停泊的每一辆汽车都被画了进去。这是一幅将清晰与嘈杂熙攘奇妙地融混在一起的黑白画。我很单纯地被它打动了。

水果老虎机上头的架子上摆了一堆老法郎。这是一台不可思议又非常讽刺的机器：你把钱投进去，看似随机地赢回了几个子儿，可这其实都是机器程序预先设置好的。你以为赚了，但实际上并没有，你只有玩足够长的时间，才有可能不亏本。并且事实上，最重要的是，无论是你投进去还是拿回来的东西都没有任何的现行价值！那不过是一堆残破不堪的老文物，陈旧过时的铜圆板。如果你觉得自己太过放纵自我，那么这台机器本身便是一座足够令人消沉的象征。

我的两个箱子已经打包停妥，嘲讽般地整整齐齐挨在一起，等待为这场度假画上句点。

那扇门，安妮克曾穿过它进屋，我是否还想让她再次穿过它回来？她知道不知道，只要她想，穿过那扇门，她就还能回来？

桌子上放着一排烈性酒，是为了补上我喝掉的卡法多斯的。桌子旁有一个废纸篓，出于某种刻意的疏忽，我没有倒空。虽然没什么依据，但我清楚地知道里面装着什么。一份《切腹》（愚蠢又充

1　安德烈·德兰（1880—1954），法国画家，与亨利·马蒂斯一起创建了野兽派。

满煽动性的报纸）、一期《新文学》、一张复印的剧院节目单、一些小说和诗歌的草稿、几幅素描（最棒的几幅残次品）、几封父母寄来的信、几片橘子皮，还有一张安妮克的字条，那是有一天她很早出门时留的："朋友，你很不赖。明天见。安妮克。"事实上，这也是复印的。

　　屋里剩下的最后一件待处理的东西就是我自己。我把自己像行李箱一样紧紧捆好——让自己坐在自己顶上，这样才能把所有东西都锁进体内。我把自己所有良心和感官的体验，像剧目表一样，按时间顺序编排好，用皮筋绑起来。当我又一遍翻看时，它们仿佛在对我说：看，这些都是确实发生过的。看看这个、这个，还有这个，看看你当初在这件事和那件事上是怎么表现的。是不是有点儿烂？啊，天哪，再看看这个，如果你现在看了不觉害臊，那我真拿你没辙了。你真的有害臊吗？那就对了。好了，现在你可以看看这个了，你做得并不算差，善解人意，有同理心，甚至可以说智慧（虽然用这个词有些过了）。尽管这只是灵光一闪的伶俐，而非那种长期习得的稳健智慧，但也并非一无是处。

　　我把它们全部轻轻放回去，装好，扎紧带子。我从椅子上站起身，让它最后嘎吱一次，提起身外的箱子，离开了这里。在我的口袋里装着一本刚刚开始读的书：《情感教育》[1]。

1　法国作家福楼拜的长篇小说代表作，刻画了一名法国外省青年在巴黎的成长与幻灭过程。

Part III

第三部　伦敦郊区　二（1977 年）

世事、人事皆有定数，来日、明日早成定局。

既然如此，又何必自欺欺人？

——巴特勒主教 [1]

1　约瑟夫·巴特勒（1692—1752），英国主教，神学家与哲学家。

我想我已经长大了。或许是不是说"成年了"更好些？这样更像成年人会用的说法。如果你拿问卷来调查我的生活情况，我会乖乖地在与事实相符的选项前打钩。我很惊讶于自己的伪装能力。年龄：三十岁 / 婚否：已婚 / 孩子：一个 / 工作：一份 / 是否有房产：有 / 是否有贷款：有 /（目前为止，没有半句假话。）/ 是否有机动车：待议 / 陪审团经历：一次。在就"合理性怀疑"展开了一场大辩论后，法庭认定被告人无罪 / 是否有宠物：没有，因为它们会把家里弄得一片狼藉 / 是否去过国外度假：是 / 是否有前途：最好他妈的有 / 是否幸福：噢，很幸福；如果现在的状态还算不上幸福的话，那就没什么时候是幸福的了。

　　在那些我脑海中恐慌涌动、难以入眠的古怪夜晚，我就会开始在脑子里一条条列出问卷上的选项。这些选项的种类不尽相同，有时会更具进攻性，可能我想靠它们来驱逐黑夜里变动不居的恐惧——健康，白人，英国人，近期有性生活，不贫穷，不残疾，没挨饿，不受宗教束缚，没有情绪或神经偏执问题。奇怪的是，我列着列着，清单上的内容慢慢变得消极起来；不过要是你已经上了床，正躺在妻子身边，楼下的冰箱无声地、令人安心地自动切换着温度，那么有时即便是消极的念头，也能给人带来足够的安慰。现在，我就发现自己又再度放松下来，安于现状。

长大成人，嗯，总体来说，也是一种安慰。至少我得出的结论是这样的。几年前，我曾一直为没法确定自己是否已经成年而焦虑不安。为什么没有一台信号灯——只要看见灯光变绿，我就知道自己成年了？为什么没有一块公告牌——只要看到它，我就知道自己成年了？为什么不会有什么奇特预兆（别太夸张）降临，告诉我我成年了？当然，这些情绪后来慢慢地消失了，很大一层原因是从来没谁质疑过我。比如，从没有谁走过来对我说："你竟然逃掉了扑搂，真不是个男人，快滚，重新选一项适合你这种废物的运动吧。"我一度以为这种事一定会发生，而且会悄无声息地突然到来。可是周围的人都很友善。有时候，我甚至怀疑，其实根本没什么成熟，它不过是一个善意的骗局。

当然，想要克服深夜中的恐惧，还有其他办法。有时，当我异常清醒地躺在黑暗中，迎来新的一天时，会翻个身，面向像小狗一样蜷着身子睡在我身边的玛丽恩，然后爬到床尾，像一只倒立在水中的鸭子般钻到被子里，悄悄地脱掉她的睡衣。她通常会翻个身继续睡，睡衣已经褪去一半，缠在她的大腿上。不知道玛丽恩是不是在故意纵容我的捣乱，我要占有她，用比亲吻更激烈的方式。不过这一次，她有些反常，很不情愿地翻过身子。

"谁，干吗啊？"

"你猜。三次机会。"我轻笑道。

"不要。"

"不——要——！"

"今天是星期几，克里斯？"

"星期天。"

"我真的好累。"

"哦，好吧。不过，亲爱的，现在并不是星期一的凌晨，我是说时钟刚走过星期六的夜晚，正进入星期天。更准确地说，现在是星期天的 0 点 30 分。"

这假扮迂腐的前戏把我们都逗乐了。

"好吧。"

她有气无力地分开双腿，一只手放在两腿间，另一只手把我扯了过去。谈话停止，我们的呻吟声响起。

事后（仍然是个意味深长的词），我们离开彼此的身体，半梦半醒着，感觉好像刚和对方分享了一切。我认为这就是我一生中最幸福的时候。很多人都说，幸福很无聊，但我不这么看。还有人说，幸福的人总是千篇一律的。我也不在乎。无论如何，在这种时候，我根本没兴趣和人争论。

1 裸体女巨人

那些胡思乱想是什么时候消失的？它们为什么消失了？无论怎么说吧，对我们大多数人而言，那些想法最后都无影无踪了。是某个决定性的事件让它们消失的吗？对某些人而言，也许是的。但通常情况下，这些想法是被消磨掉的，是被一点一点、慢慢地消磨掉的。事后你可能觉得好奇：我们当初为什么会把它们看得那么重要？

每到星期天，我都会轻手轻脚地早早出门，向左转，经过几幢显眼的独立式住宅："雷文斯霍"的甬道上散落着马栗花的花瓣，"普罗旺斯风光"挂着绿色的百叶窗，"东科克"院子里那座无壁车棚总是让人忍俊不禁。这些住宅的名字都用哥特式字体刻在一块钉在树上的木板上。

我顺着小路穿过高尔夫球场，看到一辆浑身结着露珠的车从身边开过，它很快地停下来，车身在阳光下闪闪发光。我喜欢这样的感觉。喜欢这种雾蒙蒙的独特景色。在第四个球座旁那片挺高的地方，你能俯瞰远处小小的人影，他们正推着球包车，沿着球道向前走。下雨的时候，他们会迅速汇成一条条彩带。站在这里，你可以远远听见人们自责地大喊"Fo-o-o-ore"[1]的声音，十分滑稽（我不禁联想到托尼拉长嗓音大声吼着"剥——了——他们"的画面）。更下方，一列列漂亮的银色火车穿梭往来着，伴随着宛如低噪编织机的嗒嗒轻响，车窗就像那些男孩在操场上玩的镜子似的，会把阳光晃到你的脸上。教堂的钟声响起，提醒人们该起床去做礼拜了。

回到伦敦郊区定居总觉得有些讽刺。我敢肯定，小时候的我总是把这里比作灵魂的梅毒[2]，或者其他类似的说法。不过成长不也一部分意味着能够驾驭讽刺而不是被它甩掉吗？再说，住在这里很方便。音像店旁边有家食品店，店里出售还黏着鸡屎和稻草的新鲜鸡蛋。从玛丽恩常去的美发店往前继续走，不出两分钟，你就能看到几头真猪在菜地里乱拱。如果是开车的话，五分钟，你就能去到开阔的乡间，在那里，除了几座电线塔外，没有半点儿城市的气息。小时候每当坐车经过这些电线塔时，我都会用胳膊肘碰一碰正在看科幻杂志的奈杰尔，小声对他说："快看，那些裸体女巨人。"如今再次开车经过它们时，我仍会想起这个比喻，不过现在发觉它虽让人兴奋，却并不那么贴切。

这些胡思乱想是什么时候消失的？我突然想起那是我和玛丽恩交往之初的一天晚上。那时正是十二月，天气非常寒冷。我们开车

---

1 即"fore"，高尔夫球场上的正式警告语，当球被意外击向他人时，击球者喊出这个词，以警告对方躲避和保护自己。

2 原文为法语。

出去兜风，最后停在了一家电影院的停车场里，开着暖风聊天。我们坐在她那辆莫里斯敞篷车里，聊了很多很多。我至今还能从左到右地背出当时仪表盘上的数字。

"所以呢？"玛丽恩"咔嗒"一声拉起手刹，第一句话只有这三个字，这是她聊天的一贯方式。

"所以？我还爱你。"

"嗯，很好。"一个吻，又一个吻，最后我在她脸颊偏下的地方又轻轻吻了一下。

"我像昨天一样爱你。"

"很好。还有呢？"我注意到她的下巴看起来很突出，但这并不是因为她今天恰好穿着一件高翻领套衫的缘故。

"这还不够吗？"

"对我大概是够了，但是对你可不太够。"

"……？"

"因此，最终让我也觉得还不够。"

"该死。怎么觉得又像是回到那会儿在'小公鸡'里似的？"就是在那个巴黎的小餐馆里，我们第一次觉察到——我甚至有些害怕——对彼此的好感。

"……"

"你想让我说什么？"我诚恳地想知道。几近诚恳吧。

"好吧，我并不是想听你说一些我想听的话。"（挺有道理，可这为什么没让事情变得更简单呢？我本以为你越爱一个人，事情就会越简单，可事实并非如此，永远都有陷阱在等着你。）

"这是'那个'问题吗？"那个可以从任何角度出发讨论的问题。

"我想感觉到……你的确在考虑这个问题。"

"我会考虑的。你愿意嫁给我吗？"

"我会考虑的。"

"我情愿相信……你正在考虑。"

我们继续聊天、接吻。看完电影的人陆续开走了车子，整个停车场变得空荡荡的。我们发动不了车子：暖风把电池耗干了。最后，一位汽车抢修公司的工作人员赶来，他看到雾蒙蒙的车窗，没好气地说："女士，先生，你们的车子没坏，只是暖风开得太久了。"

托尼没有来参加我的婚礼。他给我写了封信解释说，他觉得他没法按规矩出席。总之信的开头是这样写的，我根本没心思看完接下来的内容，就直接把它扔了。两天后，他打来电话。

"怎么样？"

"什么怎么样？"

"那封信写得怎么样？"

"我没看。"

"妈的！为什么不看？我可把结婚的所有坏处都详细论述了一遍。如果你现在不看，还想等到什么时候看？"

"呵，很可笑的是，我现在比任何时候都不想读那种东西。你是想挑衅还是怎么着？"

"妈的，不是。咱们早就过了干那种事的年纪了，不是吗？不，我只是觉得你会乐意从历史的角度纵观一下你这步该深思熟虑的行动。"

"托尼，你还真是体贴啊。"

"别误解我。我是说，你知道，我也挺喜欢玛丽恩的。当然，她不是我喜欢的类型……"

"哦，这我就放心了。不过我想历史环境已经成功阻止你把她从我手中抢走了，对吧？"

"我不懂你的意思。"

"反正滚一边去吧，托尼。"

"我真不明白，这有什么好发火的？"

"没错，咱俩之中，的确有一个蠢极了。"

"不管你怎么想吧，再说件有趣的事。有一天，我在法国佬的字典里查了下'婚姻'这个词。你知道吗？和这个词有关的所有搭配，都是贬义的，比如：相互利用式婚姻，兴趣式婚姻，无性婚姻，盲从的婚姻，等等。"

"还有真爱式婚姻。"

"这我倒看漏了。"

"我可没漏。"说完，我挂了电话。

随后，我又想起六年前一个阴霾的清晨。11 月 30 日。在肯宁顿登记处外的人行道上，我感到后背上有一种尖锐细小的痛感，胃里充溢着若有似无的啃啮感。玛丽恩和我肩并肩站着，脸上尽量保持着"幸福的微笑"，目光却在焦灼地扫视四周，看看有没有谁不守规定，带了五彩纸屑[1]来。朋友们拿着相机，让我们摆出各种滑稽可笑的姿势。玛丽恩拍了一张假扮"怀孕"的照片，她两脚叉开，

---

[1] 在喜庆场合，尤其是婚礼上，撒向新郎新娘的彩色小纸片。

身子后仰，装出一副反胃的样子。有个人（我想是戴夫）还带了一把老式猎枪来，我们想找个年纪合适的路人，让他端着猎枪指着我，拍张照。但问题是，每一个看起来足够体面、适合扮演玛丽恩爸爸的人，都不愿意干这种有失身份的事。最后，一个流浪汉模样的人用购物车推着他的家当经过时，我们叫住了他，请他背对镜头，拿枪指着我。但后来，我们费了很大劲儿才从他手里把枪抢回来，因为他认为那是他应得的报酬。

当我和玛丽恩回到她的公寓换衣服，准备参加招待会时（为此，我们曾和父母讨价还价，最后达成协议：婚礼可以按我们的方式举行，但必须体面地招待客人），我突然找到了导致背痛的罪魁祸首：刚才匆匆忙忙穿上新白衬衫时，有一个固定用的大头针没取下来。至于胃里那股四处游窜的啃啮感——在我瞥见玛丽恩此刻温柔、甜美、坚毅、幸福、可爱的脸庞时——猜想，应该是由紧张造成的。

玛丽恩帮我找到了第一份真正意义上的工作。那时，我正在旺兹沃思当代课老师：每个星期有二十五英镑的薪酬，但代价是自行车每个星期都会被不同学校不同年级的小孩放气，偶尔还会有些牛高马大的青少年问我是不是同性恋。即便是托尼的赞许也没法缓解我内心的愤怒和乏味（托尼很认同人应该干自己厌恶的工作，他把这称作"社会酵母"）。值得庆幸的是，玛丽恩会到散发着霉味的小房间来看我。我总是躺在床上，目光穿过她的层层秀发，盯着天花板上的霉斑看。

有一天，她翻着厚厚一沓招聘启事，念道："爱华德·波特公司，招聘实习文案：年薪1 650英镑，每隔半年涨一次薪。要求活泼开朗，适应性强……"那些笼统的要求。

"跟我想象的不太一样。"

"你已经想好要找什么样的工作了吗？"

令我意外的是，他们居然录用了我。令我更意外的是，我居然很享受这份工作。玛丽恩的赞许让托尼的轻蔑显得没那么伤人。况且，这份工作从没给我一种在上班的感觉，反而像是有人花钱雇我去做运动或者玩填字游戏什么的；特别在做大型项目时，你会开心亢奋，斗志满满。我记得我们曾帮一款叫"飞起来"的食用脂写广告词，这给办公室提供了不少笑料，虽然最终并没被客户采纳。我们所有人都觉得，一定得打败对手公司的广告词——"精力轻松变充沛"[1]。这句广告词一直是业界的典范，让人过目难忘。我们冥思苦想，写出了"让你的厨艺飞起来"（配图：一名宇航员拿着松软的蛋糕），"上楼吗？乘电梯[2]吧"（配图：一名电梯员拿着松软的蛋糕）之类的广告词。甚至还为一个促销活动创作了"别在嘴里寻找飞马"（配图：一匹生机勃勃的小公马背着松软的蛋糕）。这工作听上去很荒唐，却让人很开心。并且，在我眼中，它并不堕落。据说广告界隐藏着许多诗人和小说家，虽然被问到有谁时，抱歉，老实说，我一个名字都想不起来。不过我知道艾略特在银行工作过。

三年后，通过戴夫的介绍，我跳槽到了哈洛·图森公司工作。

1　原文为"as easy as Spry"，化用了英文短语"as easy as pie"，形容完成什么任务就像吃馅饼一样，简单又让人开心。克里斯托弗的客户的对手品牌叫作Spry，中文意思即"精力充沛"，而这句广告词除了字面意思，还暗指Spry牌食用脂"能让你的蛋糕轻松变美味"。

2　"take a lift"（乘坐电梯）又可理解为"飞起来"，故有此说。

这家公司刚刚开业不久，但他们设计的各种精美的参考手册，早就出现在每间铺着软木地板的厨房里，镶着松木板的浴室里，以及每辆外形俗丽的雷诺 4 汽车里。我在那儿做了五年的编辑，无怨也无悔。我不觉得这份工作多差劲儿：我们追求利润，但也确实是聘请优秀人员制作精品好书。比如，当时我编辑了一本关于意大利文艺复兴时期绘画作品的集子：这是一部根据瓦萨里[1]的经历拍摄而成的文献电视片的周边图书。托尼向来认为艺术家不该把工作和生活混为一谈，却早早为我这本小书拟好了章节名：博那罗蒂[2]干那事，列奥[3]成功滚床单，桑德罗[4]啪啪啪，马萨乔，等等。托尼永远有无穷无尽的"等等"。

"散步的时候，你都做些什么，克里斯？"

（以前我会虽算不上欺骗，但有些滑头地回答：为了让你高兴，努力锻炼肌肉呢。或者其他这样的话。但现在我已经放弃这种真假掺杂的说话方式了，就像我已经放弃元信息传递一样：理论上很棒，可现实中完全行不通。）

"嗯，那个，我在想些事情。"

"哪方面的事情？"她似乎有些担心，好像认为自己也该和我做一样的事，却抽不出时间。

---

1 乔尔乔·瓦萨里（1511—1574），意大利文艺复兴时期的画家、建筑家、美术史家。米开朗基罗的学生。

2 指米开朗基罗·博那罗蒂。

3 指列奥纳多·达·芬奇。

4 指桑德罗·波提切利。

"噢，那些乱七八糟的破事。"

"……？"

"比如，过去和未来。或者世俗性的忏悔之类的，我会祈祷，爱，还有缅怀。"

她再次露出了担心的微笑，走过来，吻了我。从她的肢体语言中我捕获到的元信息就是她想吻我。（这一次，我放任自己不去核实理论的真假。）

"我爱你。"她说，呼吸透过衣料渗进我的肩膀。

"我也爱你。"[1]

"嗯。"

"还爱你的正面。"

玛丽恩咯咯笑了。据说在婚姻生活中，再蹩脚的笑话都会很好笑。

我还列出了另一份令自己欣慰的清单，是我娶玛丽恩的原因。

当然，首先是因为我爱她。

那么，我为什么爱她呢？

因为她通情达理，聪慧，漂亮。

因为她并没有把爱当成一种探知世界的手段，并不会把观察别人（我想这里我是在指我）作为一种获取信息的方式。

因为她没有一来就和我上床，也没有因循守旧地盲目坚守道德

1　这句话的英文原文为"Love you back"，有双关之意。既表示"我也爱你"，也能说成"我爱你的背面"。

戒律；并且事后，她没表现出懊悔。

因为有时我觉得自己的内心深处有些怕她。

因为有一次我问她："不论发生什么，你都会一直爱我吗？"她反问道："你脑子出问题了吗？"

因为她是有钱人家的独生女。奥登[1]曾经说过，金钱或许没法点燃爱情之火，但却能让爱情的火焰越烧越旺。

因为她容忍我不停地列这样的清单。

因为她爱我。

因为如若毛姆的洞察是真的话，那么生活的最大悲剧不在于人们死去，而在于他们不再相爱。而玛丽恩就是一个即便哪天我们不再相爱，我也已经从她身上学到很多的姑娘。

因为，我对她说了，我爱她。已经没有任何反悔的余地了。我这样说并无嘲讽之意。传统观念认为，婚姻中哪怕有些许隐瞒，最后都会被发现，而我并不这样认为。我认为婚姻总是让你离真相越来越远，而非更近。这样说也没有嘲讽之意。

1　威斯坦·休·奥登（1907—1973），继 T·S·艾略特之后，最重要的英语诗人。作品题材与形式广泛，尤以情诗著称。

2   运营成本

现在我和托尼不再经常见面。尽管我们对彼此仍怀着念旧之情，但心里都知道，我们已经不是一路人。他离开摩洛哥后，又去美国待了几年（用他的话说，这是从"梦幻"到"庸俗"）。回来后，他开始教授哲学，摇身一变，成了一名冷漠麻木的学术评论家。他发表了很多诗作，出版了两本散文集，并越来越热烈地投身于街头政治。眼下，他正和一个女孩同居，住在一个他在肯辛顿能找到的最老旧的街区上。我们总是记不清那女孩叫什么。上次我们给他打电话，邀请他和"妻子"来家里做客，但他表示，自己会一个人过来。

"真遗憾，凯莉没有一起来。"玛丽恩说。那时，我们正坐着喝开胃酒。

"是卡莉。她不是来不了，只是我们的理念是各有各的朋友，互不牵扯。"

"你的意思是，你不想让她来，还是她不想来，到底哪一种？"

托尼有些惊讶，估计因为玛丽恩一向很安静，他没料到她会这么咄咄逼人。

"都不是，她或许挺想认识你们的，只是我们各有各的朋友罢了。"

"你……有没有告诉她，我们也邀请了她？"

"哦……事实上嘛，没有。"

"就是说，就算我们想认识她，也没机会了？"

"别把事情想得那么严重啊，玛丽恩。"（他叫玛丽恩名字之时，故意突出了韵脚，听着好像在说：继续[1]。）"我解释得很清楚了，不是吗？"

"再清楚不过了。我还是继续喝我的酒吧。"

气氛有些尴尬。一段时间不见面，我就总会忘记，我和托尼已经变成两个多么不同的人。不过，你只要看看我们，稍作对比，差别便立马显现出来。我穿着一件圆领毛衣，一条灯芯绒裤子和一双暇步士休闲鞋。而托尼则下半身穿了一条很有设计感的高档牛仔裤，上身穿着斜方棉布西服背心和一件款式精巧的皱巴巴的衬衫，外面还套着一件那种跟踪狂常穿的带风帽的短外套。头发上很随意地打着发胶，破破旧旧的背包里装着——我猜——一些我一辈子都用不到的东西。虽然他看上去还是过去那个皮肤黝黑、精力充沛、每天刮两次胡子的犹太人，但我注意到，他最近把两条眉毛相连处的毛给拔了。除此之外，他的谈吐似乎也和我记忆中不大一样，口音没有变，但是句法和用词都变得更通俗简洁了。

我知道托尼好斗——我们上学的时候都是这副德性，我只是没想到，他对一次普通的邀请反应会这么大。气氛紧张地聊了一会儿

---

1 玛丽恩的名字在英文中写作"Marion"，"继续"在英文中写作"carry on"，读音相近。

后，我们终于坐下吃饭了。艾米坐在托尼左手边她高高的婴儿椅里，脖子上系着一个黄色的口水兜。突然，托尼煞有介事地穿上了他带风帽的防水外套，把座位往右移了几英寸，用他的话说，这是为了避开"喷洒区"。

"你永远说不准小家伙们什么时候会乱扔食物。"他用一副非为人父母者的神气口吻说道。而且他特意用了"乱扔"。

"她很乖的。"玛丽恩口气笃定地说，"对不对，乖乖？当然，除了她闹胀气的时候。"

托尼做出一副惊恐的模样。"为什么每个普通的小宝宝都像一团糟糕的排泄物呢？"玛丽恩微微皱了皱眉。我说我不知道。"因为他们全都要小便，全都会胀气。"玛丽恩没作任何评论，沉默地递给他一碗汤。托尼借这个机会，又沿着桌子，把椅子往右挪了几英寸。"所以啊，保不准什么时候她就会把食物朝我扔过来。就因为这个，我才一直穿着我的防护服。"（他晃了晃外套的袖子。）"我穿着它见小宝宝，逛贫民窟，在花园里干活。对了，去艺术委员会要钱时也穿着。"

"我们既有孩子，家又在贫民窟，对吧？"玛丽恩问道，很自然地生气了。

"这个嘛……"托尼转向艾米，咧开嘴，做了个小丑的鬼脸。"咯咯咯，"他差劲地模仿着一位溺爱孩子的伯父，"真是个出色的小投手，来，朝托尼喷一口饭啊。"他伸出一只袖子，仿佛在邀请艾米。

"够了，亲爱的。"我打断他们，拿起勺子舀了些西洋菜汤，心里不太舒服。玛丽恩还在等托尼的回答，托尼却在忙着往嘴里塞面包。

"讲讲你自己吧，托尼。"过了一会儿，玛丽恩说道。

"嗯，为了缩减运营成本，我刚做了输精管切除手术。现在在为'移动剧院'写点儿东西。打算把本地的工党法西斯都撵走。研究库斯勒，写了一篇叫《关于口是心非的研究》的文章。当然，还有跟着老同学蹭吃蹭喝。"

"还有老同学的太太们。"玛丽恩纠正道。

"是的，还有他们尖酸又善于嘲讽的太太们。"

这时，艾米发出"呜——"的一声，咳嗽起来，然后开始轻微地干呕，一股奶水从她嘴里流了出来，一直流到了塑料口水兜上。托尼为自己的胜利笑出声。艾米望着他也咯咯地笑起来。他装模作样地擦拭起外套。气氛缓和下来。一旦我们适应了他这种毫不掩饰的粗鲁和我行我素之后，相处得竟还挺愉快。有一次，玛丽恩对我抱怨说托尼根本不在乎别人的感受。我对她说，这是作家的本性，他们总是看到什么就说什么。"我还以为作家会更重视而不是漠视别人的感受。"她说。我当时的回答好像是"重视别人的感受和得体有礼并不一样"。不过，我记不清自己是否相信这个解释。

吃完午饭，我带着托尼去花园里逛了逛。他对"逃避现实"的花卉视而不见，不停地问我一些关于泥土、蔬菜品种以及土地产量的问题。他曾经在威尔士的一座合资农场里待过一年，似乎在那儿积累了些经验和知识，但对园艺法则一窍不通。

"所以你这辈子就这样了，嗯？"当我们正兴致勃勃地观赏一排欧洲油菜的时候，他突然不怀好意地笑着问我，"就这样了？"

我本以为已经避开这个话题了，直到他如此直白地抛出来。我没回答，转而问他："你现在比以前更……更关注政治了，是吗？"

"应该说是更偏向左翼了，如果你是想说这个的话。人是不可能完全脱离政治的。"

"得了吧，咱们青少年那会儿，根本不把政治当回事。鄙视它，对它完全没兴趣，你忘了吗？'咱们'是要推动世界改变的人，你不记得'咱们'当时的想法了吗？"

"我记得咱们当时都是名副其实的保守党人。"

"胡说八道。咱们当初不是痛恨富人吗？还憎恶小资产阶级，相信'比利时人都是小偷……'[1]说到这里，我想不起接下来是什么了。

"我承认，咱们当初对政治没什么兴趣，还很厌恶那些家伙。不过说到底，这些都是建立在保守党的政治主张上的，不是吗？老天，你难道忘了古巴的事情了吗？咱们当时是怎么做的？为肯尼迪加油打气，就像支持《坦克大决战》[2]里的罗伯特·瑞安[3]一样！（难道不是吗？）咱们对普罗富莫[4]又是什么态度？不过是嫉妒——这就是我们分析社会政治危机后得出的东西。"

---

1 原文为法语，出自波德莱尔的诗作《比利时文明》。

2 1965年上映的美国战争片，由肯·安纳金执导。讲述了第二次世界大战期间盟军与德军的一场坦克大战。

3 罗伯特·瑞安（1909—1973），美国男演员，以塑造硬汉著称。他在《坦克大决战》中饰演开着坦克和德军将军对轰的美军将领。

4 约翰·普罗富莫（1915—2006），英国政治家，也是1963年普罗富莫事件的中心人物。此事件是一起英国的政治丑闻，时任战争大臣的普罗富莫出轨歌舞演员克莉丝汀·基勒，而与此同时，克莉丝汀·基勒又与一名苏联驻伦敦大使馆的高级海军将领有染，这名将领后被证实是苏联间谍。事情曝光后，普罗富莫经下议院的质询，辞去了所有职务。该事件对当时麦克米伦的保守党政府打击很大，更导致了保守党政府在一年后垮台。普罗富莫的结发妻子为女演员瓦莱莉娅·霍布森。

"可是写诗却什么都改变不了。"我说，特意强调了"写诗"两个字。

"说得太他妈对了。所以你要想推动变革，别写什么诗。我都不知道自己为什么要写诗，或许是想换种方式自慰吧。有一天，我在迪伦书店看到一本诗集，甚至没能翻完前言，它的前言里说：这本诗集是为改变世界而写的。真他妈可笑。"

"干吗这么激动？"

"因为诗歌之所以什么都改变不了，都是因为那群富人在从中作梗。"

"谁在从中作梗？哪些富人？拜托，说具体点儿。"

"就是那些该死的富人，没法说得更具体。那些为非作歹的肥猫。就因为他们，诗歌被边缘化了，变成深夜档节目，变成一种极其小众的文字游戏，跟滑水、兽交没什么区别。谁还读诗？谁还会被告诉说诗歌很重要？"

"可是每期报纸都刊登不少诗歌。"

"哈——刊登得越多，读好诗的人就越少。都是些粗制滥造的用来填充版面的玩意儿。他们经常会给一些没出息的软骨头打电话说：'嗨，乔纳森，这个星期可不可以写一首短诗？'要么就是：'很抱歉芭蕾评论家写了太多大写字母，把手腕扭伤了，能不能请您代替他写一首由短句组成的长诗？要押韵的，您懂，我们的读者喜欢押韵的句子。'"

"我觉得不太合理。"（坦白说，我认为这挺神经质的，只是一个失意的作家在感到幻灭后的愤愤。）

"当然不合理啦，"（说到"合理"二字时，托尼表现出一种他在讽刺保守党人时特有的口吻。）"但现实就是这样。你去书店买诗集，只能找到一些欢快的民谣或者毫无生气的老古董，它们跟当前的现实有什么关系吗？小说也一样：不是写走私犯，就是讲风骚的小姐或者历史。"

"我们都了解历史是怎么回事。"我用一种怀念的语气暗示道（心想，最好能让他在这个话题上就此打住）。

"确实，历史都是由胜利者书写的。可是为什么现在没人再把书当严肃的东西对待了？我是说，除了那些学术界的人，那群狗屁不通的家伙。他们只是群评论家，只是在复述几百年前的旧货。为什么作家一发表政治言论，所有人都对他冷嘲热讽？为什么任何左派的东西，只有变成一种流行文化，才会有人去读？可真等到它们成了潮流那天，不恰好说明它们已经陈腐过时了吗？为什么那些人他妈的……"（他一下说太多，似乎想喘口气。）"他妈的不买我的书？"

"因为太色情了？"我猜道。托尼大笑出声，渐渐冷静下来。接着，他把话题转回到赞美花园上。

"你为什么不做些事情呢，阔佬？"

我没有告诉他我准备写一部书，是关于环伦敦公共交通网的沿革变迁史的。

"哦，我啊，我正忙着过日子。"

他又笑了起来，笑声中带着些许同情。至少在我听来是这样的。

（不过我并不是真的只在"过日子"，但我能说自己在严肃认真地对待生活吗？在学校念书的时候，我曾认为自己很严肃认真，但事实上，那只是少年意气而已。在巴黎时，我确实一度认为自己很严肃认真，认为自己在探索将生活和艺术结合起来的伟大理论。可也许我只是夸大了那种条件反射的快乐的正当性与重要性。现在我严肃认真的对象已和过去全然不同。我也不担心这种生活状态会突然坍塌。）

"你的意思是说，你不用再租房子住了？"我向托尼说明后，他问道。我们现在已经走到花园尽头，顺着豆棚往上望去，你会看到一扇开在屋顶上的天窗：迟早有一天，那会是艾米或者她弟弟的房间。

"这算原因之一吧。住在一间屋顶不漏雨的房子里，很让人知足。"

"穴居人。"托尼用我们上学时那种嘲笑的腔调嘟囔道。

"看儿女绕膝，为家人遮风蔽雨。"

"大男子主义。"

"嗯，等你也有了孩子就明白了。"（我一般不会说这种话，因为托尼的"妻子"最近在干托尼称作"胡佛工作"[1] 的活儿。可是不反击他一下，我心里不平衡。）

"但我认为生孩子就是个错误。"

"不，她并不是我们精心规划的结果。不过我并不觉得这有什么区别。"

"好吧，我只是觉得这是一套很古怪的惯例。让伦敦橡胶厂在杜蕾斯的每个避孕套上扎个小眼儿吧，这样，我们就能创造一批新的成熟的人：这批新成长起来的人，他们会严肃认真，体贴温

---

1 "胡佛"是一个真空吸尘器品牌，此处托尼用来暗示卡娜在做保姆的工作。

情，老把宝押在自己的蛋蛋上。甚至也许会开始买我那些该死的破书！"

我们继续向前走，在几株四季豆旁停了下来。

"对了，"他说，胳膊肘上下晃着，比出一个我们过去都很熟悉的下流手势，"你出过轨吗？"

我最初的本能反应是，让他管好自己那点儿糗事，别多管闲事；第二个反应是无视他的问题；第三个反应（干吗纠结这么多？）是直截了当地告诉他。

"没有。"

"这挺有趣的。"

"有什么趣？"（他有什么好得意的？）"你是想说，六年来，我对妻子一直非常忠诚很不可思议？还是说，你自己连一星期的忠诚都坚持不了？"

"不。我觉得有趣的是，你在说出'没有'之前的短促沉默。你或许在想，没有——但我对她真一点儿二心都没有吗？没有——可是上个星期是不是差点儿就干了呢？或者，没有——因为玛丽恩快把我榨干了？"

"事实上，我刚刚是在想，该不该给你脸上招呼一拳。但转念一想，还是决定告诉你实话。这么说，你跟卡莉已经达成很前卫的共识啦？"

"前卫，保守，不管你怎么叫它吧……反正和你这个肮脏的同时信两种宗教的人渣，憎恶性的虚伪手淫怪，不一样。"

"但我不信教，更不手淫……我只是爱自己的妻子而已。"

"大家都这样说。就算哪天你出轨了，嘴上还是会这样说。我敢打赌，即便到死你也会这么认为，不是吗？"

"确实。"

"好，这让我松了口气。那你怎么受得了这辈子在死之前都不碰第二个女人？怎么受得了？要是换作我，早就疯了。我的意思是，我知道玛丽恩的床上功夫一定很了得，如狼似虎，把你榨得干干巴巴的，像一根丝瓜似的。可即便是这样……"

我本想结束这场谈话的，可是他突然说到玛丽恩，而且描绘方式是那么怪异、伤人（别把你下流的想法用在我妻子身上）；再说，他以为他是谁？凭什么教训我？

"好吧，我不想详细地谈那些你喜闻乐见的细节。不过，我们的性生活……"（我顿了顿，心里已然有一种不忠的感觉，）"嗯，花样还算多……"

托尼又上下晃动起他的胳膊。

"你不会是在暗示……"

我必须赶快结束这个话题："你看，就算你生活在大都会线上，也不可能没听说过……"我很气愤，突然词穷，不知道该怎么说下去。我为自己想象出的图景感到很羞耻。

"说话可得谨慎些啊，"托尼幸灾乐祸道，"一不小心，搞不好，老婆就没了。"

"关于出轨，我没理解你想说什么。我不会和玛丽恩躺在床上，脑子里却想着：'但愿死前还能睡别的女人。'况且，一旦你吃惯了……鱼子酱，就不会再想吃……炖鳕鱼了。"

"可是海里不止有一种鱼啊。那里有很多鱼，各种各样的鱼……"托尼说到一半，便闭口不言，笑眯眯地等着，敦促我继续说下去。我心里十分气恼，暗暗责怪自己不该选择这样一个尴尬的比喻。

"总之，我对这种前卫的理念不感兴趣。我之所以不在外面寻花问柳，是因为这样做既不会让我开心，又容易染上性病，还会传染给妻子，生下脑袋不正常的孩子，就像斯特林堡[1]和易卜生[2]，或者别的什么人那样。现在这个世道，好像你不乱搞就会变成一个呆子，没什么机会结交新朋友，最终变成一个除了会和老婆睡觉以外一无是处的废物。"

"难道不是吗？"

"当然不是啦。这只是一种流行的偏见而已。"

"那你还有什么好沮丧的？既然这么相信自己的理念，为什么替它辩护的时候，那么激动？"

"就是因为你这样的家伙，总在我这样的家伙耳边唠叨不休，然后还把这些事写成书。你还记得吗，我们小时候那会儿，就有人提出过'支持出轨'的理论。我并不是说在任何情况下出轨都是不合理的。只是现在，如果你真这么干了，那么将要面对一系列很严重的惩罚。"

托尼沉默了一会儿。但我能感知到，他马上要反击了。

"也就是说，你承认，你的忠贞不贰并不是奉了上帝的旨意？"

"当然不是。"

1　奥古斯特·斯特林堡（1849—1912），瑞典剧作家、诗人、散文家和画家，瑞典现代文学的奠基人。

2　亨利克·易卜生（1828—1906），挪威剧作家，被认为是近代现实主义戏剧的创始人。代表作有《玩偶之家》《群鬼》《人民公敌》。

"那也许是受了一条'绝对命令'的影响，认为：不能偷情，免得自己的妻子也遭他人觊觎？"

"不，我才没有那么强的占有欲。"

"又或许在你眼里，这根本不是个原则性的问题？"

我很不安，感觉自己好像正被他引向一个陷阱，并且我不知道陷阱里有什么。我很了解托尼，唯一能肯定的是，等待我的一定是尖酸的讽刺。

"你和玛丽恩谈过这个问题吗？"他继续问道。

"没有。"

"为什么没谈呢？我以为这是任何恋人一开始就会讨论的问题。"

"实话说吧，有一两次，我确实想跟她提一下，可是这种话题一旦提起来，你要怎样让对方不多想，不觉得背后有猫腻呢？"

"或者有什么人。"

"可以这么说吧。"

"所以你根本不知道，她介不介意？"

"我敢肯定，她一定介意。换作我也介意。"

"但她也没问过你，不是吗？"

"没有，没问过。"

"所以，这不过是……"

"……一种感觉。但是一种很强烈的感觉。我了解它，我能感受到。"

托尼故意深深地叹了口气。"他的陷阱到了。"我心想。

"怎么了？"（我想引他换个话题。）"我对你说的'出轨'表现得还不够感兴趣吗？"

"我只是有些感慨，世界变化这么大。还记得我们上学的时候吗？那时'生活'还是首字母大写的'生活'，永远都不在身边，只在别处。那时的我们常常认为度过充实生活的方法之一，是去发掘和归纳出一些对指导个体作抉择很有帮助的原则。很显然，除了手淫怪之外，当时大多数人都是这样想的，不是吗？而且记得我们那时还读过许多托尔斯泰晚年写的小册子，比如《我们该这样生活》之类的吗？我只是想知道如果当时的你预见到未来的自己会什么事都只凭直觉作决定，甚至连最简单的正误都懒得验证一下，会自我鄙视吗？我的意思是，现在这种状态并没让我太吃惊，但让我很沮丧。"

我们沉默了很久，谁都没有朝对方看上一眼。我预感到，这一次找台阶下的话会比平常来得晚些。

托尼继续说道："我是说，或许我也好不到哪儿去。我做的很多决定都是出于自私的考虑，虽然我声称这是'实用主义'。从某种意义上来说，我们一样糟糕。"

他这么干，就像是把我溺死之后，站在旁边，等尸体浮上水面，被冲上岸，又装模作样地给我做几个人工呼吸。

我们朝着房子往回走，一路上，我一直在向他介绍沿途的植物。

3   硬硬的衬裙

具有讽刺意味的是，我在被托尼这样剥得精光的时候，本来可以再为自己辩解几句，几句总是可以的，可却发现被别人误读也是一种乐趣。

你会坦诚自己忠贞吗？我不知道，但我可能会试一下。毕竟如今这种观念也不再有什么好名声。也许"忠贞"这个说法听着有些太严重，太正。或者也并非如此。我是谁呀，能对别人的赞美不屑一顾？如果你会因为没能把一个在水塘里溺水的人救上岸而被当成罪犯，为什么不能因为拒绝了诱惑而被夸奖有操守呢？

贝克街的一次偶遇让我对此有了新的领悟。那天六点差一刻，我正等车驶出站台时，不知被谁的公文包撞了下肋骨。我侧了下身，给一个在这条线上很常见的大胖子让出点儿空间。这时突然听到有人喊：

"劳埃德。是劳埃德吗？"我转过身去。

"彭尼。"我知道他叫蒂姆。他也知道我叫克里斯。在十二岁那会儿，我们都还像小鹌鹑时，曾在同一个橄榄球队里待过，分别担任左中锋和右中锋。不过即便在那时，我们的关系也从没好到能直呼对方名字的程度。后来，他数学达到六级，还成了级长。我们这些"差生"就不再和他一起玩了，只在走廊里碰面时会点点头，一般那时，托尼和我会大声谈论起什么霍普金斯[1]诗歌中动态的含混性。

他依旧满头卷发，又矮又胖，一副级长的派头，身上的通勤族装束丝毫没影响他的气质。我知道他当初获得壳牌公司的奖学金上了剑桥大学：每年能得到700英镑的资助，但条件是毕业后三年内，需要为公司服务（那时候，托尼和我都认为，这是老板阶层们常使的暴力手段）。在地铁驶往芬奇利路的路上，他和我聊了许多：在一次睡衣派对上（这场合有些尴尬），他结识了教地理的妻子。在壳牌公司干了五年后，跳槽到了联合利华。现在有三个孩子，两辆车。正在努力工作，供孩子们上私立学校，接受良好的教育。总之是一个老套的发迹故事。

"有照片吗？"我问道，很烦躁。

"什么照片？"

"你老婆和孩子的照片呀，没有随身带着吗？"

"我天天回家，周末也和他们一起过，干吗还要随身带着他们的照片？"

我不得不保持着微笑，注视着车窗外面新建的塔式高楼。那是一座医院，坐落在运动场边上。从高处望去，足球场上的球门只有

---

1 杰拉尔德·曼利·霍普金斯（1844—1889），英国维多利亚时代的代表诗人，因诗歌呈现形式灵活多变而著称。

曲棍球球门那么大；而曲棍球场上的球门只有水球球门那么大。傍晚有一层雾气升起，漫到人们的脚踝，笼罩着大地。我开始给他讲我的生活。这么做也许是因为刚惹他生气而心里内疚，也许仅仅只是因为那天晚上我忽然意识到，我的生活被描述出来，竟然和他的如此相似，除了我耕耘的效率没那么高以外。

我发现一旦我抛去那些出于本能的反应，和他还是挺谈得来的。我告诉他，我正计划写一本针对环伦敦公共交通系统的社会史书。

"这想法太棒了。"他说，我不由得有些自得，"我一直想知道这方面的事。事实上，有一天，我碰到了迪基·西蒙斯，你应该还记得他，我们俩不知怎的聊起了伦敦地下那些废弃的隧道：铁路隧道，邮政隧道之类的。他现在在大伦敦市议会工作，对这方面的情况很了解，也许能帮到你。"

他也许真能帮上我。西蒙斯念书那会儿是个腼腆、孤僻、有点儿让人捉摸不透的男孩。他头皮屑很多，总没什么自信，长得也不怎么好看，那头按校规剪的短发，越发凸显了他五官的不协调。午休的时候，他老是一个人躲在六年级教室外阳台的一个角落里，将骨骼分明的尖鼻子凑在一本晦涩难懂的性学书上，津津有味地读着。空着的手可怜巴巴地把招风耳往脑袋上压。那时候的西蒙斯像个不会有出息的孩子。

"别急，"蒂姆说，"迪基和我下个月都要去参加 OBA 中学的年度聚餐会。你也来吧，大家见个面。"

我很后悔答应了这件事。他同时还邀请我和玛丽恩下星期六去参加一场"乳酪酒会派对"。我说，只要不是穿着睡衣举办的，我们一定去。

但赴邀那天，因为找不到代看孩子的人，结果只能我一个人去了。老套的情节：许多年来头次独自参加派对的丈夫一杯接一杯喝着闷酒。这时，一个穿着五十年代复古风服装、抹着那个年代风情口红（勾起了丈夫的怀旧之感与恋物情结）的女孩，东一句西一句和我闲聊起来。我们一起喝着酒，咯咯地说笑着，挑逗的试探，不安分的肢体接触。然后，突然之间，就乱套了。就我贫瘠的想象力来说，全都乱套了。

　　"那好吗？"她突然问。

　　"什么好吗？"我反问道。

　　她盯着我看了几秒钟，然后用一种清醒的威胁人的口气说道：

　　"好吗，我们走，去上床？"（她才多大呀！天哪，二十？二十一？）

　　"哦，这事我可不懂。"我答道，一下子像个十五岁少女似的，突然满脸通红，紧紧地捂住自己"硬硬的衬裙"。

　　"为什么？害怕把你那活儿放到自个儿的嘴里吗？"她突然俯身向前，吻了一下我的嘴唇。

　　我好多年都没感到这么惶恐了。我祈祷，但愿上帝保佑，这种新口红不会粘到我的身上。我扫视了一圈，想看看有没有人注意到这一幕。似乎没有。我又环顾了一圈，希望能和谁的目光——任何人的都好——碰上，可是没有。我压低了嗓音，语气坚定地说：

　　"我已经结婚了。"

　　"我不介意。"

　　奇怪的是，我感觉自己正面对的并不是什么棘手的道德问题

（也许是因为我并不怎么喜欢她），而只是陷入了一个不好应对的社交困境。这么想着，我恢复了几分勇气。

"很高兴听你这么说。不过你看，'我已经结婚了'只是一个简略的说法，它包含着很多言外之意。"

"确实，通常是这样。那眼下你想表达什么呢？我和你上床，但是之后，我们就不再有任何瓜葛了；我会和你上床，也很乐意这么干，但是我认为这之前，我们最好先把关系公之于众；我老婆不理解我，我也不知道该不该和你上床，也许我们可以先到什么地方聊一会儿；或者最后一种，就是单纯地想表示，我不想和你上床。"

"如果只有这几种说法的话，我选最后一个。"

"那在这种情况下，"她又凑到我身边，我退开了一点儿，"你就不该撩拨我。"天哪！她冷漠的激情瞬时变成了愤怒的进攻。难道现在的女孩都这样说话？她大概比我小十岁。我突然感到，十年是一段如此漫长的时间。心想，快停下，我才是那个正当年的人，那个情场经验丰富，但还没完全"定型"，有原则却也知变通的人。没错，我才是。

"别说傻话了。"

"好呀，但你不能否认……用你的话怎么说来着……你有勾引我。"

"呃，但没你露骨。"（现如今你可不能随便夸赞一个姑娘，这么干搞不好有被指控背信弃义的风险。）

"我一直就是在挑逗你呀，难道你没看明白吗？"

"我承认我……我确实和你调情了。"

"所以呀，你就是撩拨我了，难道不是吗？"她颠来倒去地重复着，语气高高在上，像在教训孩子一样呵斥着我，"别随随便便撩拨别人。"

奇怪的是，即便这时，我也仍觉得她挺吸引人的（尽管她的五官因愤怒而挤在一起，显得有些尖刻），甚至还想再说点儿什么讨好她。

"你为什么这么死脑筋呢？难道你买一张唱片，只颠来倒去听上面的一首歌吗？如果你……我不知道……打开一包椰枣，就对其他包椰枣都嗤之以鼻吗？"

"谢谢你这么比喻。不过这并不是程度的问题，而是诚实与否的问题，是你是否真有心勾搭别人的问题。你不诚实。你……"

"好了，好了。"（我不想再被这个词纠缠不休。）"我承认自己多少有点儿不诚实。不过这程度只相当于我问你做什么工作，你告诉我之后，我说'这工作真棒'，可实际上心里想的却是'这什么破工作，简直是世界上最无聊透顶的工作'。就是逢场作戏罢了。"

她看着我，脸上一副在难以置信和轻蔑之间游移的表情，然后转身走了。我怀着苦闷的坦诚自问，她为什么指责我虚伪。为什么在两性的交往中，总有那么多的误会？

后来在坐地铁回家的路上，我想起托尼总结的伦敦郊区的性生活理论。那时候，我们俩都十六岁，尚未进入社会，在那块没有任何指示牌能参考的土地上，他曾兴致勃勃地向我详细阐述了他的"郊区性生活理论"。他说，伦敦是权力、工业、金钱、文化以及任何有价值的、重要的、优秀人事汇聚的中心，因此，它也是性生活的中心。首先看看那些为数众多的戴着金链子的妓女，再看看地铁车厢里那些穿着紧身衣的风骚女郎，她们与格罗兹[1]的讽刺漫画相映成趣。这座城市的拥挤、汗水和急迫，都似乎在朝每一个敏感的观察者大声喊着"性"。而当你离开市中心——他向我保证——来到希钦、文多弗和海沃兹希思，性的氛围就渐渐变淡了，人们得查书才能找到那些地方。这就可以解释，为什么乡下性虐待动物很普遍——单纯出于无知——城里却几乎没有这种事。

而郊区，托尼继续说（那时候，他也许帮助我理解了我的父母），处于奇妙的中间地带。关于郊区你也许会认为——比方说，在伦敦郊区——情色产业总是昏昏沉沉的，但暗藏的强烈渴望却激发了一群看似最不可能与之沾边之人的活力。在这里，你永远不知道会发生什么：一个放荡的女人也许会拒绝你；一个高尔夫球手的妻子也许会趁你不备，偷走你的校服，对你做些难以描述的事；而面对商店的店员时，什么情况都可能发生。教皇曾经明令禁止修女们住在郊区。托尼对他说的这些事胸有成竹，还坚称，就是在这样的地方上演着最奇妙的相遇。

那天晚上，我想，他的理论还真有点儿道理。

1　乔治·格罗兹（1893—1959），德国艺术家，以创作反映现实生活的讽刺漫画闻名，许多作品描绘了柏林的夜生活与都市的阴暗面，揭露和抨击了社会的丑陋。其作品中形象大多夸张，构图与线条非常简洁。

4 婚姻是场旅行？

玛丽恩和我已经几个月没有见过亚瑟舅舅，直到某天，奈杰尔打电话过来说他去世了。听到这消息，我没法说家里气氛瞬时变得凝重了，所有人的反应都是惊讶大于悲伤。在过去的十五年里，我和亚瑟舅舅的感情并没有增进半分。我最多只能说，我已经长大到能够接受他对我毫不掩饰的厌恶，也很佩服他那种有些扭曲的自给自足的生活方式。

后来的几年中，随亚瑟年纪的增长，他的谎言也变得越发露骨和过分。他年轻些的时候，为了自己的目的，总会先小心翼翼地做好各种铺垫：起初他说，他当兵的时候受过伤，脊椎很脆弱，还患有膝关节僵硬，行动不太方便。望着他那真诚的眼神，你即便怀疑他在撒谎，也没法确定。之后他会自然而然地提到一些活儿，他的背和膝盖实在不允许他做，要你帮忙。这时你只能笑着承认自己被打败了。

不过上了岁数以后，亚瑟变得不屑于用细节来掩饰自己，他不再在乎自己的形象，甚至不打算装出点儿起码的礼貌。"来点儿茶吗？"他会这样问一句，然后把屁股从扶手椅上抬起一点点，懒洋洋地叫一声"哎哟"，又坐回去。

"啊，我这该死的膝盖（脚／肝脏）。"他会观察着玛丽恩开口抱怨，之后在她起身走进厨房时，他甚至不会像从前那样夸张地道声谢（这游戏曾让他乐在其中）。除了膝盖和脊椎不好以外，他的身体还有很多其他的毛病：有些是慢性的，比如颠来倒去做同一个梦；有些是突发的，因为这些毛病，所以他没法更换水槽里的塞子，够不到高架子上的东西，没法自己缝补衣服，甚至没法洗碗碟和送我们出门。有一天，他在短短半小时内，从大拇指的关节炎，到眼睛看不清楚，再到脚上可能生了坏疽，唠叨抱怨了一大堆。玛丽恩建议他去看看医生。

"你是让我去烧钱不成？医生都宰人不眨眼，没一个例外的。他们可不想把你治好，这点连傻子都能看出来，只有这样，他们才能从卫生部那里申请更多的经费。"

"可是亚瑟，"玛丽恩假意反驳道，"没准你这次得的病很严重呢？"

"只要再加一层坐垫，没什么病是治不好的。"他假装伸手去拿，"够……够不……"玛丽恩把坐垫递过去。"噢噢……噢……谢谢你孩子。"然后他又例行公事般咒骂一句，"这该死的膝盖。"

另外，以前他至少还会掩饰一下自己性格里的吝啬与无赖，但后来，他渐渐发现了直率展现天性的乐趣。在他决定不再浪费肉喂狗后不久，费迪南就死了。在他看来，喂狗一些木屑刨花，再陪它玩一会儿，这就足够了。如果可能的话，他甚至会把喂狗喝的水拿去浇花。

上了岁数以后，他也不再有什么朋友。篱笆破了他也不去修，窗帘也从不拉开，总是故意弄出些刺耳的声响让邻居心烦。他还老重复利用圣诞贺卡，用张浮夸的贴纸盖住原寄卡人的签名，然后把贺卡寄给其他人。有时候，他似乎在诚心跟我们开玩笑，居然把我和玛丽恩寄给他的贺卡又重新寄回给我们。

除此之外，他唯一有书信往来的，只有邮购公司。他总设法从这些公司那儿捞一些好处。他的秘诀是这样的：先订购一些东西，等东西到后，他会拖上一个月再把支票寄过去，转头又立刻打电话给银行，要求不予兑现。邮购公司来信询问时，他会立刻写回信（但日期却写成两天之前，造成一种寄送延误的假象），抱怨产品质量太差，要求换货，并表示新品到后他才会把残次品寄回去，而且要求对方提前支付补偿的邮费和包装费。此外，他还用过更复杂的"拖延战术"，靠它们，他用几张邮票和几个旧信封，就弄到了几件皇家海军志愿后备队退役军官的防寒大衣，一把塑料手柄的修枝剪，这把剪子还配有自动打磨装置。

当然，有些病痛亚瑟的确不是装出来的（虽然，我很想知道他自己是否分得清哪些是真的，哪些是假的），正是这些病症凑在一起，引发了他致命的心脏病。但不论是他的去世还是他去世前孤寂的生活状态，都没有给我带来太大的感触，毕竟这全是他自己的选择。真正让我难过的，倒是跟着奈杰尔去清理他的小屋时，他房间里留下的那些物品散发出的哀悯。奈杰尔滔滔不绝跟我讲着各种濒死时的病态症状，他对此很感兴趣，而我仿佛被逝者劝诱着，注视着他房间里那些被用到一半就搁下的东西，心里不由伤感起来。亚瑟日常堆在那儿的一摞摞脏碗碟。他甚至曾经要求市政部门降低他的基础水费，因为每两个星期他才会洗一次东西，然后还把剩下的脏水弄去浇玫瑰花。尽管如此，我还是被屋子里散落的东西——这些刚刚失去主人的、刚刚被抛弃的东西，深深刺痛了：半盒烟斗通条，其中有一根已经用过，还有一根半截露在外面，是全新的；一张张书签（更准确地说是一张张废报纸片）暗示着标记之后的部分亚瑟再也没机会读了（某种程度上，我还是很在意他的）；此外还有一些衣物，换作旁人，一定早就扔掉了，但对于亚瑟来说，它们至少还可以再穿五年左右；屋子里那面钟会不受任何干扰地一直走下去；还有一本日记，永远止笔于 6 月 23 日。

火化仪式并不比圣诞节的家庭聚会更糟，或者顶多和在更衣室里碰到一群橄榄球运动员被当成不速之客差不多。仪式结束后，我们排着队走到门外。午后的天气十分炎热，十几个亲戚和吊唁者不无尴尬地站在那儿读着彼此送去的花圈上的悼词，品评着对方的轿车。我注意到，有些花圈上并没有留吊唁者的名字，猜想或许是殡仪馆看我们太过寒碜，额外赠送了几个。

葬礼结束后，玛丽恩开车带我们回家。我坐在副驾驶座上，抱着艾米，心不在焉地听着后座上亲戚们的闲聊。开始淡淡地想着亚瑟去世这件事，他就这样轻易地不复存在了；随后，我又想到自己也总有一天会死。我很多年没有想过这个问题了，突然发现，现在想到死，已经没了过去的恐惧感。我又试着严肃地思考了一次，自虐般地试图去开启那个熟悉的、会带来惊惶与战栗的开关。但什么都没发生。我十分平静。听着汽车的嗡嗡声和它间歇的怒吼声，艾米开心地咯咯咯笑了起来。我感到一种印第安人离世时的安详。

那天晚上，玛丽恩在缝补衣服，我坐在一旁看书，和托尼在花园里的那番对话又突然闯进了脑海。我还能活多久？三十年，四十年，五十年？我到死之前都只会和妻子上床吗？你不偷情，是怕自己的妻子也遭人觊觎。耳边又响起托尼的讥笑声。再坚持五十年呢？到目前为止，我仍然对婚姻保持着忠诚，那是因为我还很享受和妻子亲热（为什么要用"仍然"这个词？）？难道所谓的忠诚只是感官享受的副产品吗？如果有一天，欲望消退，或者死神来临，会怎么样？又或者，在将来的某天，你突然对伴侣感到厌倦了，该怎么办？毕竟婚姻就像一场旅行。

"你还记得蒂姆·彭尼家的那场派对吗？"我认为时机已经成熟，想趁此机会来驳斥托尼对我们婚姻的看法。

"嗯。"玛丽恩仍在一丝不苟地缝着衣服。

"那天发生了点儿事。"（可我为什么觉得有些紧张？）

"嗯？"

"我……碰到一个女孩，她对我有些意思。"玛丽恩抬起头，疑惑地望着我，然后又继续缝补起来。

"嗯，不错，我很高兴看来不止我一个人觉得你有魅力。"

"我是说，她真的对我很有意思。"

"这也不能怪她。"

真是奇怪，每当跟玛丽恩谈起一些严肃的话题，我总是没法掌控谈话的方向。我并不是说她不理解我，或许正是她有些太理解我了，反让我总有一种被操控的感觉——但我十分清楚，她没有。

"我是说，我对她没什么想法。"

"……"

"虽然她长得还挺漂亮的。"

"……"

"我只是心里有些不安。就这样。"该死，我听上去为什么越来越没底气了。

"克里斯，成熟点儿吧。你动过念头，对吧？"

"不，我没有——我只是在假设——我只是在想咱们现在都三十岁，真的，就是通常意义上的假设——你说，咱们这辈子到死之前还会不会和别的人上床？"

"你是说你在想你会不会出轨？"我有种自己一把桌子摆好就被人打乱的感觉。"答案是，你当然会。"她答道，抬头望着我。

"拜托，你居然这么想……"可我为什么避开了她的眼神？我已经有些内疚了，好像她正拿着一把透视镜，冷静地为我展示我内心中的恶劣想法。

"你当然会。我是说，或许不是现在，不是在这儿，或者——上帝保佑——最好永远别在这座房子里。不过我从没怀疑过有这种可能。有时候，有些诱惑是很难抗拒的。"

"可是我从来就没尝试这么干过，甚至想都没想过。"我一面有些内疚，一面又很沮丧。说实话，我并不想把所有这些情感现在就流露出来，我想隐秘地把它们——甚至是那些负面的部分——都留到之后再说。

"这没什么大不了的，克里斯。你结婚的时候，并没有非要娶个处女，我结婚的时候，也没有要求你绝对忠诚。别以为我不明白厌倦是什么滋味。"该死，这番谈话已经完全超出了我的掌控。我不想再听下去了。

"说实话，亲爱的，我是站在普遍的意义上思考这个问题的，你知道比如说从道德（声音仍十分没底气）或者哲学的角度来看它，我不是在说自己，我想的是我们，是所有人……"

"不，克里斯。如果真是这样的话，你肯定之前就问我了。"

"……？"

"好吧，虽然你没问，但我不妨跟你说吧。我出过一次轨，没错，就一次，而且它不会对我们现在的生活造成任何影响，因为我们目前的生活也算不上完美。并且，我也并不觉得特别懊悔。另外，你没见过那个人，你甚至可能没听说过他。"

天哪！真他妈的该死。她目不转睛、大大方方地望着我，目光十分冷静。避开那目光的人竟然是我。一切都乱套了。

"从那以后，我再也没受过诱惑。而且现在还有了艾米，以后就更没有可能了。这没什么大不了的，克里斯，真的没什么大不了的。"

该死！滚开！去死！可无论如何，我想，从某种意义上来说，我终于找到答案了。

"我想我已经知道答案了。"我悲伤地说。玛丽恩靠过来，轻拍着我的后颈。我很喜欢这样。

此刻，我应该有什么感觉？我感觉到了什么？回头想想，这一切真有些好笑，甚至有趣。让我感到骄傲的是，玛丽恩还像从前那样，总能带给我惊喜。嫉妒，愤怒，狂躁？用来描述此刻似乎都不太恰当。不如留到以后再说吧。

当晚跟玛丽恩做爱时，我表现得特别卖力，并且感觉很好。最后，在玛丽恩准备翻过身去睡觉前，她又给我了惊喜："感觉是不是更好？"

"比什么更好？"

"比你在蒂姆·彭尼的派对上碰到的那个女孩。"她怎么能开这种玩笑，在这种……这种时候。但我心里又有些自得，她当然做得到，而且确实这么干了。

"嗯，她的功夫还算不错。虽然年纪小了点儿，但很出色。不过我的看法是，杯子里既然有了高档红酒，谁还想喝便宜货呢？

"酒鬼！"她轻声笑了起来。

"是品酒师。"我纠正道。接着，我们又说起了甜蜜的情话，睡意渐渐袭来。或许，那确实没什么大不了的？

5　光荣榜

　　我起初接受蒂姆·彭尼的邀请去参加同学会，只是抱着好奇和挖苦的心思。十二三年没见面，他们现在都变成什么样儿了？都有哪些人会去？我能认出哪些人来？巴顿的左耳上还长着那个鼓包吗？他会不会剪了个发型，用层层发丝很好地把它隐藏起来了？十四岁的时候，他在我前排坐了整整一年。斯坦威是否还像从前那样会事情做到一半时突然冲去卫生间自慰，然后上气不接下气地跑回来，脸上带着满足的表情？吉尔克里斯特是否还能用手模仿出走在湿湿软软路面上的声响（他后来去英国广播公司的声效部门了没？）？有多少人已经开始谢顶？有人去世了吗？

　　同学聚会前我有几个小时没事做。到时能喝到什么？掺了水的菲诺？想了想，我打算先约托尼出来喝几杯。我和他约在国家美术馆见面，因为从哈洛·特森到那儿只要几分钟。但托尼说，他再也不想迈进那座"公墓"了。因此我只好一个人先去美术馆溜达了十五分钟。

　　"又多了几块新墓碑吗？"当我们坐定喝酒时，托尼问，脸上挂着他一贯笑眯眯的表情（我要了白葡萄酒，他点了威士忌和健力士黑啤）。

"有一幅不错的修拉的画正出借展出中，还有一幅新的卢梭[1]的画。不过我没仔细看。"（托尼喝了一大口健力士，嘴唇四周围满了啤酒沫。）"不过我发现我每次去那儿，总是左转：皮耶罗[2]、克里韦利、贝利尼[3]，我今天去也是为了看他们。"

"有道理，既然在公墓里找不到活人，索性看看那些死透的老家伙。"

"你只有死了以后才有资格进去，不是吗？"

"有些人不过是欺世盗名之辈。这些老混蛋，都是在腐朽僵化的体制里作画，正因此，他们才能全神贯注于研究技法和观察实物。比如克里韦利就是这样的。"

尽管我不想承认，但实际上我觉得克里韦利笔下的圣徒和殉道者们承受着苦难的哥特式面容，还有那些立体的珠宝，都非常打动我。

"你还记得咱们在那儿做过的那些可笑的实验吗？"我很想听听托尼接下来会说点儿什么。

"它们到底哪里可笑了？"我总是忘记托尼很容易激动，"我的

1　亨利·卢梭（1844—1910），法国后印象派画家，以纯真、原始的画风著称。曾经是一名海关收税员。代表作有《沉睡的吉卜赛人》和《有风景的自画像》。

2　皮耶罗·德拉·弗朗切斯卡（？—1492），意大利文艺复兴时期早期画家。作品精彩诠释了一套他所生活时代包括神学、哲学和社会现实在内的复杂多彩的文化系统。代表作为《鞭打基督》。

3　乔凡尼·贝利尼（1430—1516），意大利文艺复兴时期艺术家，威尼斯画派奠基人。代表作有《在花园里苦恼》《小树与圣母像》。

意思是，咱们选的大方向并没有错，不是吗？我承认在一开始选择样本时我们就进了误区：竟然想从上班族与手淫者身上发现共鸣和火花，这就和想在太监身上搜那玩意儿一样，白费功夫。不过至少我们在寻找，至少我们相信艺术是能对现实起作用的，相信它们并不仅仅是一幅幅满足人们幻想的水彩垃圾而已。"

"嗯……"

"你'嗯'是什么意思？"

"也许我就是单纯地'嗯'一声，没有其他意思呢？"

"克里斯……"他听起来有些惊讶，甚至失望，但并没像我预想中那样，生气地鄙视我。"别装了，克里斯。我很了解你。你并不是随便'嗯'了一声，对吗？"

这是他头一次看起来像真受伤了，也是我头一次不想去安抚他。我想起他如何描述玛丽恩和丝瓜的。"我不知道，我曾经以为自己知道。我只是像从前一样爱着那些事：读书，上剧院，观赏绘画……"

"老死人的画。"

"古人的画。没错，我都喜欢。我一直都喜欢。可我就是不知道，我跟这些东西有什么直接的关联——我们迫使自己相信的那些联系是不是真的存在？"

"拜托，别跟我提瓦格纳 [1] 和纳粹，求你了。"

"好的，但你不觉得这有点儿像教堂和宗教信仰的关系吗？艺

---

1 理查德·瓦格纳（1813—1883），德国作曲家、剧作家、指挥家和哲学家。希特勒曾为他神魂颠倒。

术总在进行自我宣扬，但并不意味着它宣扬的东西都是真的。"

"不——"托尼否定道，语气像是在教训孩子。

"而且，我不认为我们做的实验像我们声称的那样能证明什么。"

"不——"

"所以，它们到底是不是一堆水彩垃圾，只能靠你扪心自问了。"

"对——"

"其实，我觉得正是从我们寻找艺术对人的作用开始，我就渐渐越来越不相信这之间真的有什么联系了。"我抬头看了他一眼，本以为托尼会满脸怨怒，但他只是皱着眉头，表情有些受伤。"我是说，我并不否认，所有这些……"我再次抬头看着他，心里有些紧张，"都很有趣，令人感动，所有艺术给我们的种种，都很有趣。可是一说到实际价值，你能说出什么？比如，为什么我们要选择国家美术馆，你能说得清吗？"

"真该死，我都同意。"

"不——要同意也得是因为正当的理由。在美术馆里放进所有你喜欢的东西。你没办法为它们倾注一生，但也许可以让其他人为它们倾注一生——可是说到底你收获了什么？这里除了能把人们从大街上吸引进来，除了遇到拦路抢劫、乱伦和武装袭击的概率比较低以外，还有别的什么优点吗？"

"你是不是有些太执着于字面意思了？听起来就像那类批评家一样，他们总认为所有艺术作品都必须直击心灵。"

"不，他们认可的东西显然也是垃圾。"

"那到底是什么变了？艺术本身并没变，小伙子。我可以告诉你，对我来说，这感觉很像在出卖自己。"

"你这话太可笑了。"

"你到底怎么了？我是说，你从去巴黎那会儿开始就有点儿不太对劲儿……"

"那都是十年前的事情了。都是我成年之前干的事了。"

"啊——又给‘成年'下了种新的定义：成年就意味着把过去的自己出卖干净。"

"在花园里那次，我跟你说过，我认为艺术带不来任何现实上的改变。文艺复兴对我们来说是一桩好事，但那场运动的本质不过是张扬自我和到处寻衅挑事而已，不是吗？"

托尼再次换上了说教的口吻。

"你难道不觉得艺术的影响是慢慢积累起来的吗？"

"有这个可能，但还是没法证明那些说法不是空谈。无论如何，艺术有赖于信仰，而我现在已经不再相信它们了。"

"资产阶级权势的又一次胜利。"托尼难过地说，几乎是在自言自语，"想要优哉游哉地享受生活了，是吗？"

"你错了。"

"妻子，孩子，稳定的工作，贷款，花园，"他轻蔑地说出每一个词，"你骗不了我。"

"这都是些什么证据？你自己也没过成兰波的样子啊。"

"咱们今晚都在做些什么？"托尼渐渐来了劲儿，"回母校参加同学聚会？在去聚会之前，先走马观花地看一圈文艺复兴时期老死人的画？这听起来真像资产阶级走狗干的事。"

"并不是这样的。确实，我现在过得很开心。但谁做这些事会不开心呢？"

"然而证据不是这样说的。"

"那么凭你对我的了解，应该知道不是那样的。"

"哦？你不是没有信仰了吗？凭什么又要我相信你？"

学校正面的台阶两侧，立着两排明亮的路灯，圆圆的灯罩上盘绕着一条条大张着嘴的铁鳗鱼。进门时，我不由抬起头，朝校长书房的窗户望了一眼。过去，他经常站在那儿，神色憔悴地暗中观察来晚的男孩们。联合学生军训队的前负责人巴克上校在图书馆十分正式地接待了我和蒂姆。他是个身材肥硕、喜怒无常、让人很害怕的家伙。他脖子上挂着一条鲜红的丝带，在丝带末端坠着一枚很大的星形勋章，刚好垂在他马甲的第二和第三颗纽扣之间。我想这就是那枚传说中的大英帝国司令勋章吧？他曾在学校里用一种外国征服者的口吻夸耀过这东西。不过那枚勋章看起来太大，太闪亮，不像是"英国制造"的。或许是战争期间，某个流亡政府颁发给他的吧。

"欢迎回来，劳埃德。"他粗暴地对我吼道，虽然很热情，但一听到他叫我的姓，我还是下意识地回想起从前违反军规被下令出列示众时的惊恐，想起了步枪润滑油，湿淋淋的灌木丛，以及生怕自己的蛋蛋被打爆的恐惧。"欢迎归队，看到你们回来，我就像看到走散的队友们又重新聚在一起般高兴。啊，彭尼，你太太最近好吗？小彭尼们好吗？不错不错。"

图书馆里，当年自习的情景（组装军舰模型，玩拼字游戏，一本本翻旧了的《史派克》）现在通通被一片灰白取代，这是循规蹈矩的上班族的颜色，是属于商务精英的颜色。其间夹杂着一两张砖红色的脸，一望即知是被公司派驻海外的人。但大多数人还是像一棵棵从土里钻出来的竹笋似的，因为长期生活在林立的高楼间而满脸疲惫、灰颓。坐在那边的是布拉德肖和沃斯吗？还有那个大家都觉得他脑子迟钝，但最后还当了级长的……格力？格里？还是格尼？哦，天哪！瑞登也来了……天哪！白色的牧师领，他看上去还像过去一样超级热情。一对兴奋的、令人不快的小眼睛，仿佛总在暗示你应该去做些不同寻常的事情。随着屋里因相认而响起的此起彼伏的惊叹声，我们军训露营时的记忆和在学校里干过的各种趣事也被一同唤醒了。

我们排着队走下楼，来到地下室里的餐厅。在这里，那些我少年时代的浅色松木，已被时光和泼洒出的食物渐渐浸黑。光荣榜扩张了不少，像匍匐植物一样攀在墙上。长长的餐桌，让我不由想起当年午餐时，我们总是设法把餐具弄弯，还来来回回迅疾地传递着盐罐，就像西部片酒馆里推啤酒那样。后厨飘来大锅饭的香味，不时传出上千把刀叉同时跌进金属箱的哐当巨响。

我坐在彭尼和西蒙斯中间，巴克上校在主桌那儿再次向众人致以问候，然后他大声宣布道："各位用餐愉快！"[1]就像是在阅兵一样。这么多年过去了，西蒙斯看起来正常了许多：甚至两只招风耳都越来越贴近脑袋了。他对铁路线上的奇闻轶事十分了解：各种废弃的车站；被人们遗忘的隧道，就像那条柯南·道尔提议修建的海底隧道；还有大不列颠闪电战之夜地下发生过的种种故事。我和彭尼相处得也不错，一起喝着酒，谈论着遇到的人和去过的地方。桌

1　原文为法语。

子对面让人回想起几张线条柔和、缀着淡淡粉刺的脸，是洛克斯、雷伊、伊凡斯和普克。席间我还得知了其他一些同学的近况：吉尔克里斯特在做红酒生意，希尔顿在一座平板玻璃大学[1]里搞学术，以及雷诺克斯回学校教书了，索恩音信全无，沃特菲尔德在法国因为拉皮条被判入狱六个月，此刻正在坐牢。

起初，我总不自觉地在各种对话中流露出轻蔑和鄙视，就像一个击球手，不管球的落点远近，都奋力追着打。但随着时间推移，推杯换盏，我发现自己甚至开始享受起这聚会。或许一个人凭着孤勇的英雄主义和坚韧的意志历尽艰辛后，终于从学校及其理念的控制中逃出来，会自以为别人不可能和他一样顽强，一样有主见。但其实他或许更难接受的是，有些同学根本没经历什么痛苦，就自然而然地完成了这种蜕变。

正当我在琐碎的记忆中试图挖掘出什么实体的时候，桌子对面的利（上学的时候，大家都叫他"吊蛋"）冲我嚷道："我听说你在搞出版？"他说话的声音总是又炸又混，我一直都不太喜欢。起初我以为他这种说话方式是受方言的影响，后来才知道，这只是因为他发音过于随便的缘故。

"差不多吧，兼做些研究工作。公司叫哈洛·特森。"

"对，对，我还买了一本你们的园艺书，内容很不错，唯一的问题是书开本太大了，我要用手推车才能把它弄到花园里去。"

---

1 指英国在 20 世纪 60 年代关于高等教育的《罗宾斯报告》发表之后成立的大学。名称来源于这些大学现代化的建筑风格，在混凝土结构中大量使用平板玻璃，这和维多利亚时代的红砖大学或更早期的古典大学形成鲜明对照。

我对他的郊区俏皮话报以一个"鬼才信你"的微笑。他说的那本书的确又厚又重，封面是仿饱经风霜的柚木模样做的，但只有傻瓜才会把它拿到屋外去读。

"是啊，是啊。"他继续道，看了我一眼，似乎在说，还没完呢，"有天下午，我把那本书放在屋外，后来突然想，还是把它拿进屋好了，不然它可能会生根发芽，让我再也认不出原先的模样，不小心拿去做篱笆。哈哈。我们还买了一本你们的厨房手册。"

这本书是正方形的，很厚，外头包着一层锡箔，在正面印着女王的肖像，特意想做成加冕礼糕点盒的模样。

"对啊，我有好多次把它拿起来摇了摇，想看看里面还有没有饼干。哈哈，这年月，为什么人们老把一件东西做成另一件东西的模样？难道这之中隐含着什么深邃的'逃避现实'的理念吗？你认为这么做究竟是出于商业上的考量，还是纯粹心理因素在作祟呢？"

"你现在在做什么？"（谢谢，对于这种挑衅的话，我并不想接招。）

"跟你的领域差不多。我开了一家小公司，叫'顽固保守图书公司'。"

什么？利，做出版？我还以为他会……我也不知道他具体会做什么，只是设想了一大堆的可能性。这些老同学并没有像我和托尼当年预想的那样，大多数都成了银行经理。

"我们只是家小公司，不过……"

"不过，你们出版了托尼的《沉默的曼戈灵斯》。"

"顽固保守"——这个名字包含着双重的反讽：他们一面出版

各种题材的小巧精美的平装书，填补市场空缺；一面还再版一些精品老书；并且，在他们出品的书中原创占了相当的比重。托尼出版的这本专著，就隶属于一个与奥威尔的专栏"随心所欲"同名的系列。在书里，托尼提出这样一种看法：所有重要的图书最初上市时，无论是被过誉还是诟骂，都曾遭到读者严重的误读。如果它们被狠批，那一定会引起公众激烈的争论；而如果是被过分吹捧，最后根本没有谁会在乎那些评论家犯的错。福楼拜说过，成功总是与实际相去甚远。而《包法利夫人》恰恰就是因为它一些荒诞可笑的特征，才大获成功。在托尼看来以错的理由吹捧作品的人，其心理状态要比那些因错的理由贬损作品的人有趣得多。

"没错，是我们出版的。虽然没吸引多少关注，不过我们也没指望它轰动。这书里的思想太超前了，对现有的批评理论来说挺棘手。但我很喜欢。"

随后，利向我解释了他的经营理念，总的来说，这些东西似乎都可以纳入他所谓的"创意破产"中。

"其实并没有破产啦，我们的业务正处于上升期。目前正打算创立一个新品牌，准备叫它'清道夫丛书'，专门收录一些大胆的翻译作品，就是人们说的有开创性的作品。我想会以法国作家的为主吧。"

"听上去不错。"

"感兴趣吗？"

"什么意思？"

"我们需要人来管理这个项目，恰好你的教育背景又很不错。"他说着，用手绕着餐厅划了一圈（动作跟二十年前一样粗鲁），脸上挂着一个"与生意无关"的微笑。"我们的薪水绝对能让你满意。并且你还可以经常出差，结识一些思想家。"

"哈洛·特森不会因为我的工资就破产。"

"我们也不会。给，这是我的名片。"他递来一张凯特·格林纳威公司制作的精美名片，他的姓名缩写周围艳俗地缠绕着郁金香。"回去想想，想好后给我电话。"

我点了点头。在大家品尝着湿滑的奶酪，喝着咖啡和白兰地（只适合在咖啡表面滴上几滴）的过程中，聚会逐渐接近了尾声。这时候，巴克上校站起身来，我突然想起，当初我们把动词的时态弄错时，他会用力拧我们的耳朵。而现在他站在那里，等着自己昔日的学生们安静下来，啤酒肚上的勋章反射着灯光，一瞬间，他看起来再也没有那么可怕了。他已经变成一个老人，变成在地铁上遇到，你可能会起身给他让座的人。

"先生们，"他说道，"我本来想叫你们'孩子们'，可是现在你们块头可比我大多了——先生们，每次参加这样的聚会，都会让我感到生活并不像报纸上写得那么糟糕。我真的这么想。今晚，我跟好多人都聊了聊，我不想再发表什么冠冕堂皇的话了，只想说，学校以你们为傲。"（餐具被敲得哐哐响，众人跺起脚来——好像在喧嚷着这房间的气氛。）"我知道，现在的人动不动就鄙视那些功成名就的老字号，但我不会。我认为，如果一块牌子能屹立多年，那说明它确实很棒。"（又是一阵跺脚声。）"今天我不谈政治，也不会再逼着你们训练，其他废话更不想多说。只想告诉你们，等你们到了我这把年纪（听到有人喊"别信他""瞎扯"时，巴克笑了起来，沙哑的嗓音里带着暖意）就会明白我的感受了。我见证了太多男孩如何长大成人，这感觉很像望着一条大河，它载满男孩，源源不断地把他们送进成年之海。而我们这些老师就像河上的闸门管理员，要照管河岸，确保河道畅通，偶尔（说到这里，他的神情严肃起来）还得跳进水里，拉几个人上来。虽然河水有时会遇险湍急，有时要拐过急弯，但我们都知道，无论如何，这条河最终一定能流入大海。今晚，我终于放心了，确信自己多年来的卑微努力都没白费。终于可以心怀自豪地回到河闸管理员的小屋休息去了。非常感谢在座的每一位。好了，我这个老头子不啰唆了，大家继续享用咖啡吧。"

回到家的时候，我醉醺醺的但兴致很高（聚会后，在贝克街车站等车的时候，我和蒂姆又在车站酒吧喝了几杯，一边喝一边打趣着巴克上校刚刚的讲话）。玛丽恩已经上床了，她身上放着一本很厚的布鲁姆斯伯里派[1]的传记——这书像块镇纸似的压在她身上。我解开鞋带，爬上床，把一只手伸进她的睡衣里。

"我都忘了它们摸起来是什么感觉了。"我嘟囔道。

"那你一定是醉了。"她答道，但语气里没有责备的意思。

我抽出手，拉过她的衣襟，深深地闻了一口，然后探头往里看。

"如果那里变绿的话……没错，你又说对了，亲爱的。你的话永远那么准。"我撑着身子，让自己跪在她面前，满眼溺爱地望着她，"今晚我竟然从吊蛋利那里收到一份工作邀请。"

"什么工作？"她把我的手扒到一边，但它又不安分地迅速探了回去，"什么工作？"

1　一个 20 世纪初由艺术家和学者组成的团体，成员主要在英国伦敦的布鲁姆斯伯里地区交游活动。

"'吊蛋'……我们之所以叫他'吊蛋',"我说话的口吻很像一个正在接受采访的老头儿,"是因为我们在学校的时候,经常光着屁股游泳,直到六年级。我是说,六年级以后,我们就再也没有一起去游过泳了。不过在这之前,我们一起去游泳,总是全裸着。关于利,我还记得,我们这一届好多人都记得……如果你不信,可以给彭尼打电话确认。利有一个蛋蛋一直耷拉在下面。或许我记得没那么准确,但可以肯定,他的这个蛋蛋和正常的那个蛋蛋之间至少隔了 2.5 英寸远。那时候刚好流行穿切尔西靴。我们,我的朋友还有我,就经常说,'吊蛋'是世界上唯一一个阴囊具有松紧功能的男孩。现在'吊蛋'居然向我提供了一个工作机会。我真是不理解,难道我没有工作吗?"

我一边说着,手一边不安分地藏在被子里,从另一个方向潜进了她的睡衣。

"是什么工作呢?"

此时此刻,我的手已经到达目的地——她的乳房仍然像从前那样,或许更丰满了(谁说得准呢?)。

"做种马?"我答道,自己心里也很迷茫。

6　客体关系

"所以你这辈子就这样了?"托尼当初不怀好意地审视着我的菜地时,曾这么说过。我当时没回答他,自责的时候,干吗要让别人插上一脚呢?这种事用不着朋友帮忙。每当我在屋前的汽车道上擦车时,不时会有某个眼熟的人走过来,冲着我微笑,然后举起手杖指着那片枝繁叶茂的常春藤,夸赞几句。但别以为我听不见他心中的另一个声音,那个我们每个人都在内心深处为它保留位置的自由之声:一面嘴上说着,嗯,不错,非常棒;一面却又想着,这时世界上某个人——也许就是世界上的另一个我,正乘着雪橇穿过一片俄罗斯的桦树林,身后跟着一群狼。每到星期六下午,为了确保不漏掉任何一块草坪,我都会小心翼翼地推着割草机穿过我们青葱的小坡,加速、减速、刹车、转弯、再加速。但这种时候,别以为我就不能在你面前引用马拉美的诗句。

可是怨天尤人又能怎么样?只会让自己的脾气愈发难以控制,让自己背叛本性。除了迷茫和拉仇恨,这样的抱怨能带来什么?为什么这个年代都流行极端?为什么受到出轨的引诱后,内心深处会如此的歉疚？兰波曾经到开罗去旅行，他在给母亲的信中写道："这里的生活太无聊，而且消费很高。"至于"雪橇狼群"一类的事情，完全是无稽之谈，毕竟没有任何证据表明，狼曾杀死过人。诱人的比喻往往不能够全信。

我认为自己是个幸福的人。虽然有时好为人师，但这只是因为兴奋而非自大。我想知道，为什么这年头人们都鄙视幸福。为什么有人把幸福和舒适或自满混为一谈，认为幸福是社会——甚至是科技进步的敌人。即便亲眼看到幸福的人，人们也拒绝相信，认为那人不过是运气好，或者是从父母那里遗传了好基因：这里遗传一点，那里遗传一点，最终长出了一对能扫除障碍的突触，仅此而已，说不上是个人的成就。

A黑、E白、I红……？你迟早要付出代价的，奥登这么说过。

昨天半夜里，艾米突然醒了，轻声哭闹起来。玛丽恩顿时也醒了，我拍了拍她的背，让她继续睡。

"我去看看。"

我蹑手蹑脚地下了床，朝门口摸去——我们睡前特意把门敞开，这样，一旦艾米有什么动静，随时都能听到。望着家里的满铺地毯、中央暖气和双层玻璃，我那尚迟钝的脑子里闪过一丝自豪。我刚要为自己贪图安逸、沉溺物质享受而羞愧，但转念一想，为什么要羞愧？

等我来到艾米的房间时，她已经不再哭闹了，房间里静悄悄的。我顿时警觉起来。她哭闹的时候我害怕，但一声不响的时候更害怕。或许就是因为这个缘故，我才为家里有中央暖气而自豪吧。

不过，她正安安全全地躺在那里，呼吸没半点儿异常。我笨手笨脚地给她盖好小被子，然后朝楼下走去。此时我已经完全清醒了。我晃进客厅，把烟灰缸倒了，然后抬起光秃秃的大脚趾，将沙发向后推了推（嘴里自娱自乐地嘟囔着那句广告词：啊，这些小滑轮）。我穿过门厅，瞟了一眼前门上那个金属网格信箱（我一直认为上面写的是"101室"），然后走进厨房。脚下的软木地板非常暖和，甚至比地毯还暖和几分。我费力地爬上一把高脚藤椅——那种靠背很矮的休息椅——摇摇晃晃打望着四下，心里有种主宰一切的感觉。

外面的马路上，一盏钠灯亮着，落下橙色的光。屋前花园里种着一棵不甚高大的杉树，灯光透过杉树的枝干，射进屋内，给门厅、厨房以及艾米的卧室都覆上了一层淡淡的荧光。艾米很喜欢这夜里的灯光，睡觉时，总要大人把窗帘都拉开。如果她醒来时发现房间没浸在橙色的灯光中（路灯是定时开关的，凌晨两点时会自动熄灭），就会哭闹起来。

我穿着睡衣坐在藤椅上，两手握着水槽，翘起椅子的两条腿，然后移动重心，仅用一条垫着胶皮的椅子腿着地。我因为这么干没摔倒而产生了一种慵懒的快意。看着眼前一尘不染、干燥、宽敞的不锈钢厨台，也同样感到一种慵懒的快意。这次，我以一条椅子腿为轴，一只手握着水槽转圈，转到一半时，把闲着的手从背后伸过去，两手一起抓住水槽的边缘。这会儿，我正面向客厅。餐桌已收拾好，等待着明天摆上早餐，茶杯整整齐齐排成一列挂在钩子上。吊篮里的洋葱泛着蒙眬的光。一切都是那么有序，那么温馨，散发着一股不同寻常的活力。我的早餐碗旁放着一把勺子，这暗示着明天的早餐——葡萄柚已经切好，此时正覆着一层硬硬的糖霜，在冰箱里待命。睹物会思人，看到墙上那张平平整整用大头钉钉着的孔堡（夏多布里昂[1]长大的地方）的海报，让我想起四年前的那次度假。橱架上摆着一打玻璃杯，整整齐齐组成一个小方阵——暗示着我们的十位朋友。橱柜的高处放着一个奶瓶，预示着第二个孩子即将到来。橱柜旁的地板上放着一个塑料旅行袋，上面贴着一张中间印着狮子的亮亮的贴纸，上面写着"郎利特之狮"[2]，那是我们买来逗艾米开心的。

我又转了一圈，脸朝向窗子，心里涌起一股莫名的慰藉。昏黄的灯光将我睡衣上的条纹映成了棕色——它最初的颜色我已记不起。我有好几套这种条纹款式的睡衣，它们只有颜色不同，不过被这灯光一照，都成了泥棕色的。为此，我想了一会儿，但并没打算得出什么具体的结论。我循着一缕人造光望过去，心里思考着：一盏钠灯的光有多强、靠得多近时，能遮蔽住满月的光辉？可这对月亮又有什么影响呢？毫无疑问，这具有……嗯……具有某种象征意义。不过我不打算较真，很多事情并不值得深究。

我透过厨房的窗子向外望了一会儿，直直注视着那盏路灯，它在笼罩着杉树枝干的光纱中闪烁着。两点一到，路灯霎时就灭了，只剩下一片青绿色的菱形后像还停在我的眼前。我继续注视着这片后像，它一点点变小，然后，突然，不声不响地彻底没了影踪。

---

1 弗朗索瓦-勒冈·德·夏多布里昂（1768—1848），法国作家、政治家、外交家、史学家，法国浪漫主义文学的代表作家。

2 郎利特野生动物园的周边。

京权图字：01-2018-0101

图书在版编目（CIP）数据

伦敦郊区／（英）朱利安·巴恩斯（Julian Barnes）著；轶群，安妮译．——
北京：外语教学与研究出版社，2019.12
书名原文：Metroland
ISBN 978—7—5213—1511—0

Ⅰ．①伦… Ⅱ．①朱… ②轶… ③安… Ⅲ．①长篇小说－英国－现代
Ⅳ．①I561.45

中国版本图书馆 CIP 数据核字（2020）第 023484 号

出 版 人　徐建忠
项目策划　张　颖
项目编辑　张　畅
责任编辑　徐晓雨
责任校对　郑树敏
装帧设计　COMPUS·汐和
出版发行　外语教学与研究出版社
社　　址　北京市西三环北路 19 号（100089）
网　　址　http://www.fltrp.com
印　　刷　紫恒印装有限公司
开　　本　889×1194　1/32
印　　张　7.5
版　　次　2020 年 4 月第 1 版 2020 年 4 月第 1 次印刷
书　　号　ISBN 978-7-5213-1511-0
定　　价　46.00 元

购书咨询：(010) 88819926　电子邮箱：club@fltrp.com
外研书店：https://waiyants.tmall.com
凡印刷、装订质量问题，请联系我社印制部
联系电话：(010) 61207896　电子邮箱：zhijian@fltrp.com
凡侵权、盗版书籍线索，请联系我社法律事务部
举报电话：(010) 88817519　电子邮箱：banquan@fltrp.com
物料号：315110001